勇者パーティーを追放された白魔導師、Sランク冒険者に拾われる
White magician exiled from the Hero Party, picked up by S-rank adventurer
～この白魔導師が規格外すぎる～
5
水月 穹
ill. DeeCHA

マーリン
大賢者
「あぁ、それはだな……
このポーションの効果だ」

ロイド
白魔導師
「師匠、気になっていたんだが、何で支援系の職業じゃない師匠が、俺と同じ魔法をほとんど使えるんだ？」

フィア
宮廷魔導師
「初めまして。
私は王国屈指の白魔導師、
カナリアと言います。
殺された白魔導師、
ロイドの代わりに同行します」

ユイ
Sランクの剣士
「まだ、死んだとは決まってないわ」

ステラ
司祭
「そのさ、
一応言っておくけど、
ボク、男だよ？」

「「「えっ……」」」

セレン
魔術師
「にしても、ここまでして俺を追う理由が分からない」
「うーん、私は会長の考えがちょっと分かるかも」

勇者パーティーを追放された
白魔導師、
Sランク冒険者に拾われる

～この白魔導師が規格外すぎる～

5

水月 穹　ill. DeeCHA

デザイン　世古口敦志+前川絵莉子(coil)
イラスト　DeeCHA

contents

第一話　白魔導師、姿を消す

冒険者ギルド主催の合宿以降、俺たちは冒険者らしい生活を送っている。

難易度A程度の依頼を受ける日々。

王都での生活にもかなり慣れ、比較的安定した生活を送っていた。

今は、森で大量発生してしまった烏《からす》のようなモンスターの討伐中だ。烏のような、と表現したのは、頭から翼の生えているあたりまではまんま烏なのだが、足はなく、腹部より下が長い尻尾のようになっているからだ。これを烏と断言はできない。そのモンスターの主な攻撃方法は高所からの突進であり、獲物めがけて猛スピードで回転しながら突っ込んでくる。くちばしは硬く、貫かれればひとたまりもない。

穿《うが》つ烏……ピアスクロウと呼ばれている。

すばしっこく、なかなか厄介なモンスターで、討伐にはAランク冒険者以上の実力が求められる。

それが大量発生しているのだから、本来なら苦戦を強いられる依頼のはずなのだが……。

「おりゃ！」

ユイは空中を旋回するピアスクロウの群れに、魔力の斬撃を容赦なく撃ち込み続ける。

魔力を激しく消耗させることで、回復後の魔力の総量は上昇する。本来であれば、シリカが魔法を撃ち込み、ユイとダッガス、クロスがサポートに回るのが最も良いのだが、いい機会だとのことでユイが攻撃役を買って出たのだ。

ユイの攻撃が当たったピアスクロウが、地上に十何羽も転がっている。

時折、猛進してくるピアスクロウも難なく回避し、隙があればその胴体を普通に切り裂き討伐していた。

「ユイの奴、また一段と強くなったな」

クロスの言う通りユイの成長は凄まじく、合宿以降さらに腕を上げていた。

ピアスクロウも、もう半数も残ってはいない。

「はぁ、これじゃ俺の弓の腕がなまっちまう」

出番がないことに肩を落とすクロス。

「まぁ、そんなことはないと思うぞ」

「ロイド、それはどういう意味だ？」

「ああいう意味だ」

俺はユイを見て、大きくため息をついた。

「はぁ……もう、無理。限界……」

魔力を激しく消耗しすぎたせいで、ふらふらするユイの姿が見える。

がむしゃらに何も考えず撃ち続けていたため、魔力が枯渇寸前なのだろう。

「ったく、仕方ないな」

嬉しそうにクロスは弓を構え、ユイめがけて突進するピアスクロウに矢を放つ。軌道を先読みしての攻撃。かなりの速度で突進するピアスクロウに対して、タイミングを合わせ矢で射るのは至難の業だ。

ダッガスもユイの無茶を察し、すでにユイを守りに入っている。

シリカも、ユイに代わって魔法をピアスクロウに撃ち込み、討伐していく。

そんな中、俺はというとクロスの隣で強化魔法を発動しているだけだった。

戦闘に直接参加できないのは歯がゆくもあるが、こればっかりは仕方あるまい。

白魔導師の役割は後方支援。

それからほどなくして、ピアスクロウの討伐が完了した。

全員外傷はなく、ユイが疲れているだけだ。

自業自得だが……。

「ユイ」

「ん？」

俺は魔力回復のポーションをユイへと投げた。

「いいの？　貰っても」

「あぁ、また買えばいいし」

俺にできることなんてこれくらいしかないし、このまま帰り報酬を受け取るのは流石に何もしていないため、後ろめたさを感じてしまう。

「ありがと！」

ユイがごくごくとポーションを飲み、あっという間に空瓶となった。

ユイの顔色は良くなり、足取りも元に戻る。

「よし、それじゃ帰りましょう！」

それから王都へと帰還し、依頼達成の報告をした。報告の際、ピアスクロウの死体を取り出したが、これには食料としての価値があるらしく、その分も上乗せした報酬を受け取る。

その後、決まって俺たちは居酒屋へと向かう。

そこでいつも反省会と今後の方針会議を行い、あとは酒を飲み騒ぐ。

騒ぐのは主にユイが……というかほとんどユイだけだが。行きつけとなりつつある居酒屋の店内は多くの酔っ払いであふれており、狭く暑苦しく感じるため、俺はあまり好きではないが、ユイはこういった雰囲気も気に入っているらしい。反省会をするには向いていないと、俺は思うが……。

今日も、まずは反省会から始まった。

「さてと。反省会っていっても、ユイしか反省点はないが……」

「ちょ、ダッガス？　私だけってことは……」

「ってことは？」

「……ある、かもしれない」

ユイが視線をわずかに逸らす。

「でも、あれは成長に必要なものであって……確かに、反省すべき点はあるわ。だけど……」

「別に、誰もユイのことを責めてるわけではないので言い訳しなくても……」

シリカの言う通り、ユイが言い訳をする必要はぶっちゃけない。

確かに無茶することは良くないが、それの積み重ねもあって、ユイの魔力量は凄まじい速度で増加している。

それはダッガスたちも感じており、ゆえに責める素振りはなかった。

ただ、不測の事態を考慮するのなら、その方法は得策とは言い難いが。

「さ、反省会は終わり！　今後の話をしましょう！」

「はぁ……まぁ、そうだな」

今後の方針といっても、特に大きな変化はない。

というのも、帝国に向かう理由も聖教国に向かう理由も、俺たちにはないし、王国内で活動するならあえて王都を離れる必要もないからだ。特に、聖教国なんて、いまだ混乱がおさまっておらず、警戒状態が続いている。勇者に対する信仰が強い分、アレンが大惨事を招いたことには色々と問題があった。勇者首謀の事件ゆえの説明問題や、信仰の回復、聖剣を奪われたことの責任問題等々。

大分時間が経ち、街の復興こそ完了したものの、その他の部分の問題はまだ解決していない。

アレン一行の捜索は続いているようだが、そちらにも進展は見られず。聖教国は今、かなり大変らしい。

そんなピリピリした場所に、進んで行きたいと思うはずもない。

「これまで通り、A程度の依頼をこなすって方針に変わりはないってことでいい？」

「そうだな。数日ほど休んで、またギルドに行こう」

その後、乾杯し、話をし、泥酔したユイをダッガスがおぶって帰る。

「はぁ……」

こんな日々が続けばいい。

そう願いはするが、魔王軍がまったく動きを見せないというのもまた、気がかりではあった。

そろそろ何かしらの動きがあってもいいはずだ。

何もなければいいんだが……。

◇

嫌な予感に限って当たるもので。

予想とは少し違ったが、俺たちの元に面倒な仕事の依頼が舞い込んできた。

新国王の使者が、俺たちの借りる家を訪ね、依頼書を置いていったのだ。

内容は〝クレア第二皇女の帝都までの護送〟だ。

とうとうこの時が来たか……と思う反面、またか、と言いたくもなる。

この手の依頼にはうんざりしつつあった。

本来、国家がやるべき仕事を、こうもほいほい冒険者に回されては、流石に文句も言いたくなる。しかも、この手の依頼は魔王軍に絡まれるのがお決まりとなりつつある。あんな化け物集団と、好き好んで戦うほど、俺は戦闘好きじゃないし、名誉にも興味はない。むしろ、身の丈に合わない名誉なんて邪魔でしかない、ということを俺は身をもって感じていた。

とにかく、魔王軍絡みの案件は御免だ。

今回はセリオンとイレーナの他、王国の兵士たちも参加し、また、帝国領に入ってからは帝国軍のサポートもあるため、完全に仕事を投げてきた、というわけでもないのだが……。

「やっぱ魔王軍は動くだろうし、あんまり、参加はしたくないよな」

クロスが率直な感想を述べ、ダッガスがそれに同意し、首を縦に振る。

一方でクレアと親交の深い、ユイ、シリカからはその反論が出てくる。

「私もこれがどっかの知らない王族とかなら、迷わず断ったけど……クレアだからね。やっぱり、力になってあげたいかな」

「王国の兵士、といっても信用するのは難しいでしょうしね。ロイドさんなら事前に魔族でないかの確認はできるので、魔族が紛れ込むということはないでしょうが……そもそも人間が魔王軍側についていた場合は、分かりませんし……」

二人の意見もまた、賛成できるものだった。

俺は人の思考を読み解くような術は持っていない。

信頼、という面においては俺たち以外には務まらない要素だろう。

それに加え、ユイたちの戦力は、王国の優れた兵士にも引けを取らないだろう。ユイたちは王国でもトップレベルの強さだ。

それに比べ俺は……。

そう思うと、罪悪感のようなものがこみ上げてくる。

実際、俺はここ数か月、大きな怪我をしまくるばかりで、これといった活躍はしていなかった。

巨大な亀に大怪我をさせられ、ギルド長に大怪我をさせられ……。

そう、気が付いてしまった。

あれ？　俺って毎度怪我してばっかりで、何もしてなくね？　……と。

こんな俺に、この議論に意見する資格はない。

というわけで、今回俺は特に意見しないと決めていた。

俺の意見で、状況を左右するようなことは避ける。

「ロイドはどう思う？」

「どっちの意見にも賛成できる点はあるし……難しいところだな」

どっちつかずな立場を貫き通す。

俺はパーティーの意見に従い、その上で全力で取り組むだけだ。

そう考えての発言だったのだが……。

「ロイドがどう考えているのか、もうちょい深く教えてくれない？」

「お、俺がどう考えているか？」

ユイの予想外の言葉に、思わず動揺してしまう。

「俺の考えか……」

「あぁ、そうだ。その上で、結論付けたい」

「いやいや、そう言われてもだな……」

これは困ったことになったと、頭を悩ませる。

これは非常に不味い事態だ。賛否の意見が半々に分かれているこの状況において、俺の発言の影響は大きく、適当な発言でも、それをもとに結論付けられかねない。

どうしたものか。

「そうは言うが……俺の意見なんて聞いたところで大した意味はないと思うぞ？　そもそも、俺はそこまで深くは考えていないし……勿論、護送することになれば、全力で努めるが……」

この話の結論を決めるなんて烏滸《おこ》がましい真似、俺にはできるはずもなかった。

確かに最近、少しは役に立てるようになったんじゃないかと思い始めてきたし、そのための努力を怠ったことはなかった。

しかしだ。

俺にそんな大きな決断を迫るのはおかしい。

「まぁ、確かにクレアは助けてやりたい。助けてやりたいなんて、偉そうなことを俺が言う資格なんてないんだが……」

「じゃ、ロイドは依頼を受けたいってことでいい？」

「どちらかと言えば、そうなのかもしれないが……」

ここであとは反対の意見を述べれば、俺はどっちつかずの立場を保てる。

どう意見しようかと話を止めた、その時だ。

ダッガスが口を開いた。

「助けてやりたいって気持ちは俺たちもあるしな」

「そうだな。ここは、クレアのために一肌脱ぐか！」

ダッガスとクロスが俺の発言を受けて、何故か参加する方向へと考えを変化させた。

「えぇ、ロイドがいれば百人力よ」

「おい、ちょっと待っ……」

その後、俺は言い訳しようとするも謎の期待を向けられ、護送に参加することが決定してしまった。

期待されるのは嬉しい。

しかし、裏切ってしまった時のことを考えると、背筋が凍るような恐怖に襲われた。

正直、期待はされたくなかった。

俺はそこまでの人間じゃない。

「でも、そうと決まった以上、何か策を考えないとな」

　そう思い、向かったのがリョウエンの研究室だった。

　フィアがそこで働いていることを思うと少し腰が重かったが、それでも行かざるをえない。

　王城へは顔パスで入り、そこから秘密の研究室へと向かう。

「おお、そろそろ来ると思っとったぞ」

「思ってた、っていうのは？」

「何、護送が決定したのじゃろ？　おそらく、主《ぬし》にとっては不本意な形での」

「そこまで分かってたのか」

「主の顔を見れば分かる」

　それから、俺は軽く事情と、ここへ来た理由を話した。簡単に言えば、短時間でできる、戦力アップの手段ない？　ということだ。魔法の習得は難しいかもしれないが、何か良い魔道具でもあれば、と。

　しかし、

「うむ……童《わらわ》は魔道具の専門家ではないゆえ、仮に良い魔道具の存在を知っておっても作ることはできんのじゃ。だからの、そういったものを所望なら残念じゃが、お門違いじゃ」

「そうか……」

「まぁ、気を落とすでない。それより、せっかく来たんじゃ。お茶でも飲みながらゆっくりと話さんか？」

　そう言い、リョウエンはらしくもなく、俺をもてなすためか、お茶と菓子を出してきた。
随分と準備がいい気がするが……。

「そうか、ありがとな」

「気にするでない。弟子のためじゃ」

　やはり、違和感を覚えずにはいられない不自然な行為に見えるが、考えすぎということで、それ以上考えるのはやめた。リョウエンの立場から考えれば、他の研究者やちょっとしたお偉いさんが来てもおかしくはない。きっと、つい最近他人を迎える機会でもあったのだろう。

「フィアは元気なのか？　迷惑かけたりは……」

　姿が見えないフィアの様子を尋ねてみた。

「うむ、とても良い子でのう。童も助かっておる。話を聞いた時はいったいどんな変人が来るのやらと思ったが、普通の良い子じゃ」

「普通、なのか？」

　とても想像がつかないが、リョウエンが嘘をついているようには見えなかった。

　そもそも、嘘をつく理由がない。

「呑み込みも早いしのぉ。研究意欲も高い。何やらポーションに興味があるらしく、日々熱心に勉強しておるぞ。無論、童の専門分野たる魔法に関しても、熱心に取り組んでくれておる。偏りは感じるがな」

「へぇ……そう、なのか」

思い返してみれば、村では優しいお姉さんって感じだったらしいし、評判はよかったそうだ。それが本来の彼女の姿なのかもしれない。

可能なら、俺にもそっちの姿で接してほしいものだ。

「元気にやっているようなら何よりだ。それで、今は？」

「今はシノたちと依頼を協力してやっておる。あやつは、冒険者兼助手といったところなのでな。冒険者は、覚えた魔法やポーションの実験にもうってつけだしの。あの様子なら、暴走する心配もあるまいよ」

彼女の強さなら、そこらの上位ランクの冒険者にも、引けを取らないだろう。

それから、少しだけ他愛もない会話をし、俺は研究室を後にした。

これといった収穫はなかったが、仕方ない。

リョウエンも暇ではないのだ。

俺は比較的人通りの少ない道を選び、家へと向かった。英雄だなんだと言われ、注目を浴びるのは避けたかったからだ。ゆえに、俺は路地裏などのじめじめとして、人の寄り付かないような道を進んでいった。

時折、生ごみなどの悪臭がひどい場所があるがやむを得まい。

長居はしたくないため、なるべく足早に帰路を進んだ。

そして、警戒を怠らず、薄暗い路地を歩いていたところで、俺の頭部に衝撃が走った。

「……!?」

突然走った衝撃の直後、視界が大きく揺らいだ。

何だ？　これはいったい……。

何が起こったのか、理解が追い付かなかった。警戒はしていたし、近くに気配がないのもわざわざ魔杖を取り出し、探知魔法で確認していた。

だからこそ、理解ができなかったし、何より理解するほどの時間すら与えられず、意識を刈り取られてしまった。

◇

「ん……ここは？」

目が覚めると俺は見覚えのある部屋にいた。

そう、驚くことに見覚えのある部屋にいたのだ。

普段繰り返している起床と何ら変わらない感覚。

懐かしい匂いに、王都ではあり得ない静けさ。木の葉が風に揺られ、擦れる音まで鮮明に聞こえる。

まさか……いや、そんなはずはない。というより、そうであって欲しくない。

夢かと思い、頬をつねると微かな痛みが感じられた。それが今見ている光景が夢ではないと証明する。

長年ここで過ごした記憶が自然と蘇ってくる。

ここは、

「目が覚めたようだな、ロイド」

隣から懐かしい女の声が、聞こえてくる。

この声は……。

血の気が引くような感覚に襲われながら、俺は恐る恐る声の聞こえた方向へと視線を向けた。

いつかこの瞬間が来る覚悟はしていた。

そしてついに、その時が来てしまったらしい。

「……師匠」

相変わらず、年齢に合わない若々しい容姿の師匠……マーリンがベッド近くの椅子に座っていた。

「えーと、その……久しぶり」

「そうだな、お前が家出して以来だな」

覚悟はできている。

無断で出て行ったのだ。

しかし、マーリンは怒るでもなく、何もしてはこなかった。

無言で俺の顔を見つめている。

それが俺に更なる恐怖を与えた。マーリンがこの状況で何もしてこないなんて、あり得ない。

沈黙が更なる恐怖感を煽る。

何か、話をしようと頭を働かせた。

「師匠が俺を誘拐したのか？」

「そうに決まっているだろ」

マーリンは俺を路地裏で襲ったことを悪びれる様子もなく、そう答えた。

まぁ、俺の扱いなんてそんなもんか。

「なんで俺があの時間、あの場所を通ると？　まさか、ずっと待ってたんじゃ……」

「そんなことはしない。そうだな……、協力者がいた、と言えば分かるか？」

「協力者……なるほど。リョウエンか」

マーリン関係の知り合いと言えば、彼女しかいない。

リョウエンなら俺の帰宅時間を知っているし、会話次第では時間を調整することもできる。

珍しく茶菓子を出したのも、時間調整のためか……。

「正解だ。ロイド、お前の考えることなら魔法なんぞ使わずとも手に取るように分かるからな。家出した時は、流石に驚いたが……」

「その、怒らないのか？」

「何をだ？」

「家出したこと、について……」

恐る恐る、今最も気になっていたことを尋ねた。

怒らないなんてマーリンらしくないし、むしろ怒らないことが怖くて仕方がない。

「まぁ、初めは怒ろうかとも思ったが、今は別に、だ。ただ、そうだな。怒るとすれば……」

マーリンがすっと杖を取り出し、先端を俺へと向けた。

無駄のない動きによって一瞬で突きつけられた杖。それに対し、俺の反応は大きく遅れてしまっていた。

速い……。

「弱くなった、とまでは言わないが、あまり成長してないんじゃないか？」

「……っ⁉」

俺の悩みの核心を突く言葉に、思わず声が漏れた。

「ロイドのことは様々な手法で、ずっと観察してきた。だから、お前が何を成し、どれだけ多くの者を救ってきたかは知っている。ただ、まだまだだ。家出してから、この瞬間までを振り返って、一歩間違えれば、死んでいた、そんな展開は少なくはなかったはずだ」

反論の余地がなかった。

グリストと対峙した時、もしセリオンが現れなければ？

ダンジョン攻略の時、ユイが何者かから新たな技を学んでいたが、アレがなかったら？

巨大亀……ガディロンの討伐も、合宿の時も俺は大きな怪我をしてしまっていた。

他にも、様々な場面で実はピンチな状況に見舞われ、知らないところで救われていたのかもしれない。

「お前にはまだまだ、伸びしろがある。だから、誘拐した」

そう語るマーリンの表情には、何故か迷いが見えた……気がしたが、気のせいだろうか。

「伸びしろ、というのは？」

「白魔導師の奥義……とは言えずとも、それなりの技、魔法がいくつかある。それを、ロイドには習得してもらう」

とても魅力のある提案だったが、その前に聞いておかなくてはならないことが一つあった。

「俺はどのくらい寝てたんだ？」

「三日ほどだ」

「三日……そんなに長く寝てたのか……」

王都から実家までの距離を考えれば妥当、いや、短すぎるくらいだ。

三日。確か、護送の開始が……。

「まずい‼　いや、俺がいなくともまずくないのかもしれないが……帝都へ第二皇女を護送する依頼を受けてたんだ。それで」

「それなら安心しろ。信頼できる友人を三人、何かあった時に動けるように配備してある」

俺の考えが手に取るように分かる、というのを証明するかのように、マーリンは俺の抱える不安にそう答えた。

「師匠、友達いるのか？」

「おい……」

「いやその、人間性的な問題じゃなくて、ろくに森から出てないのにって意味でだな」

「はぁ……まあいい」

しばらく間が空いたあと、マーリンが話を再開する。

「だからその……時間はある。急いで修行に取り掛かる必要もない」

俺はマーリンのらしくない言葉に理解が追い付かず、キョトンとしてしまう。

「えーとだな、お前の体験してきたことを話してはくれないか？」

「観察していたんじゃないのか？」

「私は直接見ていないし、すべてを把握しているわけでもない」

「構わないが……」

師匠らしくもない、と思ってしまう。

「今からか？」

「いや、ちょっと待て。夕食を用意する。それまではゆっくりしておけ」

「あ、あぁ……」

それからすぐにマーリンは足早に部屋を後にした。

夕食を作ってくれるのはありがたい。マーリンとの再会が衝撃的すぎたために忘れていた、猛烈な空腹が俺を襲う。

お腹が大きな音を立てて鳴った。

喉も渇く。

それを見越してか、ベッドの横には水の入ったコップが置かれていた。

水を勢いよく飲み干し、渇きを潤す。

「三日か……」

そうなると真っ先に疑問に感じたのはどうやってここまで来たのか、ということだ。

もし、ここが俺の知るあの家だとすれば、ここから一番近い大きな街はイシュタル、ということになる。イシュタルからでもまぁまぁ距離があるところに、この家はあったはずだ。

不眠不休で走り続けたとて、着くような距離ではない。

ここは似て非なる家なのか。

「いったい、どうやって」

しかし、俺の思考は耐えがたいほどの空腹に妨害されてしまった。お腹が音を立て、空腹を告げる。

「ま、あとで聞けばいい、か」

あのマーリン相手に二度も家出が成功するとは考えられない。そして、今すぐに帰すつもりがないことも、察していた。

しばらくここに滞在するのなら、時間はまだある。

焦ることはない。

それから数秒後、外から木々が倒れる音が聞こえた。

静かな森の中に轟音が響き渡る。

「夕食の準備をしに行ったんだよな？」

◇

食卓に並んだ食事は肉料理中心のつまみ、といった感じで、マーリンとの生活を思い出させる懐かしいものばかりだった。

「さ、食べるといい」

「いただきます……」

空腹に耐えるのも限界だったため、マーリンに促されるがまま食事を口へと運んだ。

マーリンは料理が得意というわけではないが、つまみ料理の腕だけは確かだった。好きなものは突き詰める。実にマーリンらしい。

「師匠、酒は飲まないのか？」

「リリィに全部捨てられてな。この家に今、酒はない」

その一言で何があったのか、察するのは容易だった。また泥酔して、やらかしたのだろう。

酒が飲めないことがストレスになっている可能性も高いし、あまり酒に関する話はしない方がいいかもしれないな。

「念のため聞くが、引っ越しはしていないんだよな」

「してないが……どうかしたか？」

「そうか。なら、どうやってここから王都まで三日で移動したんだ？」

「飛行の魔法を使った。フライ、という魔法だ。あとは転移の魔法も使ったな。一応、距離やら転移先に制限があるし、インターバルもそこそこ長いから、その間はフライを使い、まっすぐ移動した」

「飛行と転移か。どちらも、俺は教わってないが……」

明らかに便利な魔法なだけに、教えてもらえなかったことに疑問を覚える。

「当然だろう。教えてないのだからな」

「なんで教えてくれなかったんだ？」

「何故って、それはロイドが教える前に逃げ出したからだ」

「う……」

そう言われては、反論の余地はない。俺が悪い。

「フライは便利な魔法だが、飛んでいる間、遠距離攻撃の手段を持っている相手からの格好の的になる。だから、ある程度強くなってからと判断したんだ」

「今なら教えてくれるのか？」

「まぁ、今のロイドなら問題ないだろう。だが、これを教えるのは、私が教える予定の魔法をすべて習得してからだ」

それでも構わないと、納得する。

「転移の魔法は？」

「あれは、白魔導師としての適性があるロイドには使えない。いや、ひょっとしたら使えるのかもしれないが、使えたとて私以上に多くの制限が課せられるだろうからな。使えない可能性の高さも考慮し、わざわざ優先して教えることはないだろう、と判断したんだ。興味があるなら、教えはするが……」

「考えておく」

時間があれば、程度の優先度だな。

あまり長いことパーティーから離れることは良くないだろう。

しかし、学べることが多いのもまた事実だった。だからいったんは保留にし、修行の進行状況などを見ながら、結論を出すこととした。

「他にも、聞きたいことがあればいいぞ」

「そう、だな……」

この機に、何か聞いておきたいことはないか、と聞かれ、時折疑問に感じていたことを尋ねてみることにした。

「よく、大賢者マーリンという名前を聞くんだが……」

その一言を聞いたマーリンは、口に含んだものを吹き出しそうになりつつも、それをグッとこらえているのが見えた。

「し、師匠?」

元々、隠し事が上手いか、と言われればそうでもないマーリンだが、今までに見たことがないほど動揺しているのが分かった。

「知っている、あるいは……」

「いや、同名の別人だろう」

「そうなのか? 師匠とはところどころ違う点もあったが、そこそこ似た銅像もあった気が……」

「まぁ、ほら。見ての通り、私は絶世の美女だからな。その銅像のマーリンとやらは、銅像にされるほどの英雄なのだろう? おそらく、実物を見たこともない人物が妄想により美化され続けた結果、私に容姿が近づいていっただけだ。うん、間違いない」

もはや言い訳と言っていいのかすら怪しい、いや、普通に言い訳になっていないが、かと言って俺がこのマーリンと大賢者マーリンが同一人物だと言えるような、明確な証拠も掴んではいなかった。

「本当に、違うのか?」

「あぁ、私もその存在は噂程度なら知っているが、もう死んだのだろう? 第一、私が多くの者に尊敬され、称えられるほどの人間に見えるか?」

「いや、お世辞にも言えないな」

そう。これが大賢者とマーリンを結び付けられない、最も大きな理由だ。時折、ファンであるユイや王都の人たちからの評価を聞くことがあるが、どうにも俺の知る……目の前のマーリンと一致しない。

「おい、お世辞にもってのは余計じゃなかったか？」

腹を立てるも反論しないあたり、本人にもある程度自覚があるのだろう。

それから話題を変えるように、マーリンはイシュタルに行ってからの話を聞かせるよう促した。

まぁ、大賢者については収穫こそなかったが、元々期待はしていなかったし、別にいいか。

俺はマーリンの希望に沿い、家出後の話を始めた。

勇者との出会いを話し終えたところで、マーリンが口を開いた。

「にしても、あの勇者……アレン、とか言ったか。あれは恐ろしい素質の持ち主だな」

マーリンも勇者の存在は把握しているようだった。俺を監視していたのだから、当然と言えば当然か……。

しかし、マーリンがアレンの能力を褒めたことに、俺は少し疑問を覚えた。

「確かに凄い、のかもしれないが……師匠が褒めるなんて珍しい」

「ふん、私は褒めてなどいない。ただ、恐ろしい、と言ったまでだ。剣の腕も、魔法の腕も、さほど高くなかったようだしな。むしろ、皮肉のつもりで言ったんだ」

「勇者なのに、か」

「そもそも、聖剣……アレを持てたというだけで、強いとは限らない。仮に才能があったとしても、鍛錬を怠れば、良い師がいなければ、少し強いだけの戦士で終わる」

「そう、なのかもしれないな」

俺は今の話と自分とを重ね合わせ、そう呟いた。

聖剣の話が出たので、ついでに同じアイテムである魔杖を取り出し、机の上に置いた。

「ほう……これが魔杖か。これもかなりのものだ」

「一応は聖剣と同格と言われているからな」

実際に、聖剣の何が凄いのか、具体的なところは知らないが。

「ということは、他の者には触れられないということか……まったく、厄介な技術だ」

研究好きのマーリンにとって、この魔杖は興味深いものだったのだろう。

触れられない魔杖を、マーリンはじっと見つめながら、俺が聞こえないほどの小声でぶつぶつと呟いていた。

「シビルの……魔導書……であれば……いや……しかし……」

自問自答し、納得して……を繰り返す。

研究者として思うところがあるのかもしれない、と結論付け、俺はその間夕食をとることに専念した。

それから少しして、何かを結論付けたマーリンは、再度話を始めた。

「それじゃ、次は私が質問させてもらおう。仲間、今のパーティーのメンバーについて話が聞きたい」

「例えば、どんな？」

「ふむ、そうだな……まぁ、そこはロイドに任せるとしよう」

「そうか。なら、そうだな……まずは」


今日は、俺の体調を考慮してか、そんな会話をするだけで終わった。

修行は明日から始めるようだ。お手柔らかに、とは言いたかったが、時間には限りがあるため、そうも言っていられない。厳しい鍛錬は、当然嫌だが……。

今、この瞬間もユイたちは頑張っている。

「頑張らないと、だな」

◇

「あー、もう！」

マーリンが力強く壁に拳を叩きつける。

ここは地下にある研究室であり、丈夫でかつ防音性に優れている。そのため、ここで立てた音がロイドのいる部屋まで聞こえることはない。

研究室内にのみ、壁を殴りつけた音が響き渡った。

「くそ、何故、あそこで素直に褒めてやらなんだ、私よ！　四天王を退けたことも、ダンジヨン攻略も、冒険者としてはこの上ない功績だというのに！」

素直に褒めることができない自分に、腹が立って仕方がない。

「ロイドもロイドで何故、自分の功績が凄いと気が付かない？　あれほどの白魔導師はそうはおらんぞ！」

しかし、そんな思いをロイドにぶつけるのは間違いだと、自身の言葉を否定する。

ロイドをこのように育てたのはマーリンだ。

常に警戒し、慢心、油断をすることなかれ、と。

マーリンは、かつて自身の慢心と油断が原因で、結果的にシビルというパーティーメンバーを失ってしまった過去があった。

二度と、大切な存在を失いたくない。

だから、初めはそこまで強く育てるつもりすらなかったし、可能ならば冒険者のような危険な仕事に就かせるつもりもなかった。戦わない仕事に就いてほしかった。

しかし、マーリンの予想外の出来事が起こってしまった。

そんな忌まわしく、いまだ悔やんでも悔やみきれない記憶を思い出しながら、マーリンは研究室の奥の物置部屋の扉を開いた。

「懐かしいな……」

この部屋にはマーリンたちが冒険者時代に集めた魔道具も、多くしまわれている。

十年ほど前までは、ここにとあるダンジョンのアイテムも保管してあった。

聖魔の魔導書。

それはシビルの愛用していたもので、魔王との激闘の末に大きく破損……半分ほどはなくなってしまっていたが、数少ない遺品としてここに収納していたのだ。能力は半減したとは言え、強力なアイテム。しかし、これに適合したのはシビルのみで、それは半分に割れてからも変わらなかった。どうせ、マーリンにも、リリィにも、トールにも使えない、思い出深い遺品という以外に用途のないアイテムのはずだった。

しかし、ある日。目を離した隙にロイドが触れ、あろうことか適合してしまった。

その時は、血の気が引くような思いをした。

何せ、これは先代の魔王が熱心に追い求めるほどの価値を秘めるものなのだから。今の魔王にとっても狙う価値は十分にある。実際、この魔導書こそが先代魔王との戦いの引き金になったのだから。

いずれ、ロイドが危険にさらされる可能性がある。

だから、強くする必要があった。

心を鬼にしてでも、大陸最高の白魔導師になってもらわなくてはならなかった。

常に警戒し、慢心、油断をすることのない、強者になってもらわなくてはならなかった。

自分と同じ過ちを繰り返し、大切な仲間を自分の失敗が原因で失ってほしくはなかったから。

何より、マーリンはロイドを失いたくなかったから。

それからマーリンは、ロイドに厳しい鍛錬を課し、魔王軍の動きにも警戒した。

その結果、こんな他者との関わりのない閉鎖的な空間で育っただけあって、ロイドは最高の白魔導師となり、その性格はマーリンの想像を上回るほど謙虚に？　なってしまった。

いや、正確にはまだ最高の白魔導師ではない。ロイドはその一歩手前で家出をしてしまったからだ。

「少なくとも、現代最高にはなるだろうな。シビルには、まだ少し届かないかもしれんが……いずれ、そう遠くないうちに超えるだろう」

複雑な感情の込められた言葉がマーリンからこぼれた。

だが、それはそれとして……許せない存在が一人。

マーリンが再度、壁を力強く叩く。

「あのクソ雑魚《ざこ》勇者……人の可愛い弟子によくも。覚えてやがれよ」

◇

「はぁ⁉　ロイドがいなくなった⁉」

ユイの驚愕の声が、近所の家々にまで響き渡った。

ロイドが家を出たのは昨日のことだ。昼頃に出て行ったロイドはなかなか帰ってこなかったのだ。

だが、この程度のことは時折あることだった。別に珍しくはない。リョウエンの元に行ったのなら、一日ぐらい帰ってこなくても不思議ではない。

「じょ、冗談でしょ？　まだ、リョウエンの元にいるんじゃ……」

ロイドの消失を報告しに来た国王の使いに、問い掛ける。

「いえ、ロイド殿が研究所を出て行ったのは昨日だと、リョウエン殿から伺っております。それに、聞き込みをしていった結果、容姿や服装などの特徴が似た男……おそらく、ロイド殿と思われますが、ある路地裏で姿を消したということまでは把握できました」

「あのロイドが、誘拐されたっていうの？　そんな……まさか、魔王軍？」

一番可能性があるとすれば、魔王の手先による仕業だろう。ロイドが無断で、しかもこんな重要な時にどこかへ行くとは考えにくい。

逃げた……なんてのは論外だ。あの、どんな時ですら命がけで、時に自己を犠牲にしてでも戦うロイドが逃げるなんて絶対にあり得ない。

「それは不明です。ひょっとしたら、その可能性も……」

ロイドには狙われる理由がある。ダンジョン産の魔杖もそうだが、彼の存在自体、魔王軍にとっては脅威とも言えるはずだ。

民衆や王国への精神的な攻撃にもなる。

誘拐する動機があるだけに心配で仕方がないし、何より、クレアと違って生かしておく理由に見当つかない分、ユイはより不安に駆られた。

「それともう一つ報告がありまして、その……」

　これ以上に悪い話があるはずがない。

　そう思いつつ、ユイはおまけ程度のつもりで耳を傾けた。

「セリオン殿が、書置きを残し城から姿を消しました」

　数秒、思考が停止する。

　そして理解すると同時に、困惑の声を上げた。

「はぁ!?」

「セリオン殿の方は、王都を出て行くのを見た者が数人いるため、誘拐の可能性は極めて低いと考えられますが……」

「いやいや、ならなおさら理解不能よ！　誘拐ならまだ、百歩譲って分かるけど！　自主的？　こんな大事な時に自主的に王都から離れるなんて、馬鹿じゃないの!?」

「その、書置きですが……」

「書置きにはなんて？」

「えーとですね、要約すると修行してくる……とのことでして」

　セリオンらしい、突拍子のない行動に、呆れてため息がこぼれる。

「まったく、勇者ってのはなんでそうなのかしら」

「どうやら、あなた方をかなり信頼しているようで……」

　信頼しているのはロイド一人だろう、と内心呟く。

セリオンもまさかこうなるとは思ってもいなかったのだろう。

予想できるわけがない。にしても、クレアの帝都護送が始まる直前で、修行に出ることないだろう、と思うが……。

「この状況で、あの二人がいないとか……」

魔王の幹部クラスと互角に戦うには、最低でもそのどちらかの力は必須だ。イレーナであれば、一人くらいは相手にできるかもしれないが、複数で来られると不味い。魔王軍も、今までの反省を生かして複数の幹部で向かってくるかもしれない。

「延期にはしないの？」

「今のところ、そのような話はありません。そのあたりに関しましては、こちらの資料に記されていますので、後ほどご確認を……」

資料の入った封筒を、ユイは受け取る。

「こうなったら、魔族が絡んでこないことを祈るしかできないわね」

「王国から、優れた白魔導師が一人、派遣されます。宮廷魔導師と称される、極めて優秀な白魔導師だと聞いております。名は、カナリアという白魔導師です」

ユイはそのあたりについて詳しく知らないが、Ｓランク以上と理解しておけばいいとのことだった。

王都襲撃の際は別任務にあたっていたそうだが、あの事件以降、各地に散っていた国に仕える実力者を王都に召集したらしい。

「分かったわ。とりあえず、今は他のメンバーは準備なんかで外出しているから、帰ってきたら伝えておくわ」

「よろしくお願いいたします」

使いの者が去っていくのを見守りながら、ユイはどうしようもないほどの不安感に苛《さいな》まれていた。

依頼への不安も当然あるが、やはりロイドの身が心配、というのが大きい。

あのロイドを誘拐するほどの手練れ、となれば魔王軍である可能性は高い。国王を暗殺した、という幹部クラスの魔族の存在がちらつく。聞いた話によれば、影の中を移動すると推測されるとのことだ。路地裏なんて絶好の場所だろう。とは言え、魔力反応が消えない以上、探知は可能だと言っていた。

ロイドの予想が外れた？

「まさか……」

状況は最悪だ。

「これ、なんて説明すればいいのかしら」

そう呟きながら、渡された資料に目を通した。

◇

「「はぁ!?」」

先程のユイと似たような反応をするダッガス、クロス、シリカ。

「まぁ、そういう反応になるわよね……」

その後、驚く三人に、分かっている範囲のすべてを話した。

「マジか、このタイミングで……」

「セリオンさんもいないとなると、問題ですね」

「それでも、護送は中止しない方針、か」

ロイドが戻ってくるという保証はない。

セリオンも、いつ帰ってくるか分からず、しかしこれ以上王国に被害が及ぶのを、現国王は危惧《きぐ》しており、長々とクレアを領内にとどめておくつもりはない。

もっと率直に言えば、面倒事の火種は、さっさと元の持ち主に返したい、と考えていた。

少なくとも、王都からは離したい。

現国王が非道というわけではない。

現国王ユスティール＝バジレウスが国王の座に就いてから、まだ日は浅い。そのため、先代国王で言うところのエルザリオのような、信頼の置ける優秀な部下もいない。先代国王ほどの信頼関係を部下と築けていないのだ。

余裕がない。

先代国王の優秀な部下を数人送り出すデメリットこそあれど、魔王軍の幹部と直接ことを構えるよりはマシだ。

「一応、断ることは可能ですけど、それではクレアさんが……」

「セリオンがいないとなれば、なおさら降りるわけにはいかないな」

ユイたちも立派なSランク冒険者。

いつまでもロイド頼りではいられない。そんな思いが、ユイたちを参加の方針へと誘《いざな》う。

「どんな奴かは知らないが、優秀な白魔導師がいるんだろ？　他にも、優れた兵士は何人かいるみたいだし、あのイレーナもいるんだ。何とかなるだろ」

不安は残りながらも、反論が出ることなく、今までと同じく参加するということで話がまとまった。

「それじゃ、明日に向けて引き続き準備しましょう」

◇

翌朝。王都シルフェスから少し離れた地点で、クレアの護衛部隊と合流した。

数は、二十三人……と、馬が十数頭。今回はかなり、それこそ国境を越えるほどの長距離移動なため、流石に騎乗、または馬車での移動となる。

二十三人いる、とは言ったが、うち優れた戦闘員として期待できるのは数人ほどだが、その数人はかなりの手練れだと窺えた。

そのうちの一人が、ユイたちの姿を見てスタスタと近づいてきた。

金髪のかなりスタイルと容姿の整ったその女は、うっすらと笑みを浮かべながら歩み寄ってくる。

背丈ほどの長さがある杖を片手に持ち、王国の紋章の入ったローブを身にまとっている。

「初めまして。私は王国屈指の白魔導師、カナリアと申します。ロイド、という殺された白魔導師の代わりとして同行するよう、国王直々に命じられて来ました。以後、よろしくお願いしますわ」

ユイたちを見下し、舐めきった態度で、そう自己紹介をした。

ユイは舐められたことより、ロイドを勝手に死んだものとして扱うカナリアのことが許せなかった。

「まだ、死んだとは決まってないわ」

「あら、そうでしたね。でも、誘拐されるということは、それほどでもなかった、ということでしょう?」

「あなたね、いい加減に！」

二人が互いに手の届く距離へと近づいたところで、背丈が二メートル近くある巨漢が割って入る。

「これから重要な任務が始まる。この場にいない人間のことでもめてどうする。カナリア、だったな。お前も優秀だと豪語するなら、口ではなく、行動で示せ」

巨漢の背負う、巨漢以上の大きさのある大盾には、王国の紋章が彫られており、一目で王国の戦士だということが分かる。

「えーと、あなたは？」

「俺の名はガリアレッド。騎士団の部隊長を務めた経験があり、今は国境警備隊の隊長をしている。いや、していた。今は現国王の命で、王都へと戻り、まぁ、この通りだ」

ガリアレッドはそう言うと、ダッガスの方を一瞥した。

ダッガスはその大きな盾を、移動時は装備しないことにしている。身軽にすることで、消耗する体力を減らすのが目的だ。事前に盾を扱う男だと説明を受けていたガリアレッドは、何も装備していないダッガスを不思議に思うも、それを口に出すことはなかった。

「まぁいいわ。これからよろしくお願いいたしますわ、ユイさん」

「ええ、こちらこそ。カナリアさん」

険悪な関係を築いたあと、クレアが遅れてやってきた。

近くには、メイド服を着たイレーナが控えている。

◆

今回の護送はかなりの長旅となる。そのため、二十三人のうちには、非戦闘目的で雇われた者も数人含まれており、その中にはクレアの身の回りのことを任せられている者もいた。

イレーナ同様、メイド服を身に纏う女は、イレーナの姿を見て、驚いた表情を見せた。

彼女の名前はジェリアン。数年前、メイドとしてとある貴族に仕えるも二か月でクビになり、途方に暮れていたところ、王城のメイド募集の張り紙を見て応募。

それから何とか就職を果たすため、護衛兼身の回りの世話を行うという、特殊な役職に就くことになった。その後、戦闘訓練を行っているため、そこそこは戦えるメイドだ。

戦闘力として加算するにはあまりにも微力ではあるが、少しは動けた方がいいだろう、との判断で命を受けた次第だ。

ジェリアンは国王から直々に、しかも重要な役職を与えられたことをそれなりに誇りに思っていた。何せ、今回の護衛で唯一のメイドとして選ばれたのだ。

だから、自分以外にメイドがいることには、少し不快だった。

勿論、イレーナのことは知っているが、噂程度しか知らない。噂の中には、クレア専属のメイドだ、というものもある。

当のイレーナにはメイドの仕事をするつもりなどなく、なんとなく普段の格好で来ただけなのだが……。

また、そんなイレーナを不快に感じたのは彼女だけではなかった。ガリアレッドも含め、戦闘力として護衛役を任された、腕に自信のある者たちも、イレーナに対して不快感を抱いていた。

この場には、現役で騎士団に所属する人間はいない。エルザリオが抜けた今、王国にいる強い騎士を外部に出せない。

何より、今後広まるであろう〝ロイドの誘拐〟により、国民の不安が高まることが予想された。その時、新騎士団長や、優れた部隊長がいない、というのは更なる不安を煽ることにもつながりかねない、と現国王は考えたのだ。

ガリアレッドも含めた護衛は、イレーナの実力を伝聞でのみしか聞いていない。

イレーナの実力は確かなのだろう。しかし、メイド服は流石に舐めている、と感じ、不快感を抱かずにはいられなかった。

そんなことは知ったものかと、他者には目すらもくれないイレーナの態度が、不快感を苛立ちへと悪化させる。

ただ、彼らは苛立ちをグッとこらえ、行動に出すことはなかった。

そんな中、最も冷静にその場を静観していたクレアが、小さくため息をついた。

「こんな雰囲気で、大丈夫なのでしょうか……」

護衛される身としては、やはり不安だし、何より自分の護送が原因で不快な感情を抱き合う姿を見るのは心苦しかった。

「はぁ……」

こうして雰囲気も最悪な中、護送は始まるのであった。

第二話　白魔導師不在の旅立ち

誘拐され、修行が始まって十数日が経過した。

今日のやるべき鍛錬をすべて終え、俺は家へと戻った。

すでに夕食が用意されており、マーリンが早く座るよう促す。

食卓には料理の他に、酒の入った瓶が置かれており、料理もそれに合わせてか、おつまみとして合うものが並べられていた。

作ってくれているだけ有難く、別に嫌いでもないためそこに問題はないのだが……。

酒、か。

マーリンも極力我慢はしていたようだが、少しでも同情し、リリィさんには言わないでおいてやるからと、許した俺も馬鹿だった。

その翌日には、俺が使う魔力回復ポーション以上の量のアルコール類が家に持ち込まれた。

幸い、適当な言い訳をし、滞在期間中に俺は飲まないと約束をしたため、無理に飲まされることはないのだが……。

メンドクサイ……。

　そう。酔ったマーリンは非常に、それはもう面倒くさいのだ。

　とは言え、状態異常無効の強化魔法は、酒に効きそうにない。アルコールによる泥酔は状態異常には入らないのだ。

　もっとも、下手に酔いを醒ますようなことをしようとしたら、マーリンに何をされるか分からないため、打つ手があっても打てないのだが……。

「どうした、遠慮しなくていいぞ」

「別に、遠慮はしてないんだが……」

　腹をくくるしかない。

　許しを出した俺にも非がある。発言を撤回、なんて言い出すのも、怖くてできないしな。

　俺は仕方なく、マーリンのダル絡みに付き合う。

「なぁ、ロイド……ヒクッ。お前ってここを出てだいぶ経ったが、彼女とかいるのか？」

　別にマーリンとの関係上、セクハラとは思わないが……ウザい。

　俺にはこの先の展開がなんとなく予想できた。

「……いない」

「そうか。もうそろそろ、彼女とかいてもおかしくないと思うのだが……ヒクッ。ま、ロイドらしいな！」

　そう言い、何が面白いのか爆笑するマーリン。

　やっぱりな。

仮にいたとしても、ウザく追及されただろうが、いなければ馬鹿にされる。
厄介事を回避不可能な悪質な問いだ。

「はぁ……」

結局、俺の予想通りの展開になってしまった。

「じゃ、好きな女とかはいないのか？　ほら、えーと……そう、ユイちゃんとか。見たところ可愛いし、良い子だって聞いているぞ」

「だから、ないって」

ユイには返しきれないほどの恩がある。あの日、行くあてのない俺を拾い、パーティーに入れてくれた。初めは迷惑に思わなくもなかったが、俺は白魔導師。どんなに頑張っても一人では戦えない。

そんな俺が、こうしてSランク冒険者として、活動するまでに至ったのは、間違いなくユイのお陰だ。

感謝してもしきれない。

それが先行して、というわけではないが、恋愛感情のようなものは正直なかった。

「ふーん、つまんないな……ヒクッ」

「悪かったな。つまらなくて」

「見た感じ、良い子だと思ったんだけどなぁ」

「勝手に人の生活を覗き見するな」

「えー、どうしようかなぁ」

「はぁ……」

今後はもっと警戒すべきだな。

流石に帝都まで行けば、マーリンの覗きの目も及ぶまいが。

「まったく、ロイド……絶対油断すんなよ。特にお前は……ヒクッ、魔王に狙われる立場にあるんだからな？　そこんとこ、分かってんのかぁ？」

魔王。できれば、関わりたくもない存在だが、俺は順調に魔王へと近づきつつある気もしなくはなかった。きっと、気のせいだと思うし、そうであってほしいと切に願うが……。

魔族の侵攻や策略を阻止・妨害してきた場面の多くに、俺が居合わせていたことには間違いないし、人々を護った英雄だと勝手に持ち上げられ、矢面《やおもて》に立たされかけている。

本当に迷惑な話だ。俺なんて、矢面に立たせたところで、魔王軍の前では何の役にも立たない。

「分かってる」

「本当か～？　そんなわりにはあっさりと誘拐できたぞ」

「う……」

返す言葉もない。

警戒はしていた。しかし、マーリンはそれを難なく破り、俺を誘拐してみせた。

「ロイドは探知魔法に頼りすぎだ……ヒクッ。あれは広大な範囲を探知するのには向いているが、あの程度、搔《か》い潜《くぐ》る輩は多いぞ。それにその様子じゃ、まだあの欠片《かけら》も上手く扱えてないだろ？」

「欠片？」

マーリンの言う〝欠片〟とやらに、俺は心当たりがなかった。

酔っ払いすぎて、いよいよおかしくなったか？

「そうだ、欠片だ。いや、半分も残っているんだから、欠片って言い方は相応しくないか……」

「半分？　師匠、さっきから何を言ってるんだ？」

「何ってそりゃ、魔導書のことについてだ」

魔導書……そんなもの、俺は持っていたか？

何のことを示唆しているのか、俺は記憶を探った。

そういえばあるな。実体こそないが、俺は半分にちぎれた魔導書を持っている。

「魔導書って、これのことか？」

魔杖を手にし、半分しかない半透明の魔導書を呼び出す。

言われてみれば、この魔導書は半分しかない。もう半分は破ってちぎられたように見える。

これの出所は不明だ。魔杖によるもの……ではない気がしていたが。

「懐かしいな」

「これ、元は師匠の持ち物だったのか？」

「いや、それは私のじゃないぞ。シビルの……」

直後、唐突にマーリンは持っていたジョッキを食卓に力強く叩きつけた。

この程度で驚くことはないのだが、様子のおかしさに俺は違和感を覚える。

ジョッキを持つ手は震え、顔は俯いていて見えない。

「それは、シビルの……」

「師匠？」

酔って暴走するや悲嘆に暮れることは珍しくはないが、何かがいつもとは違う。

不安に思い、心配しながらマーリンを見つめて数分後……。

そのままマーリンは眠ってしまった。

「なんだったんだ……」

どうしていいか分からず、俺はただ茫然とマーリンの寝顔を眺めていた。

「シビル……」

俺はその名前を知っていた。

しかし、会ったことは一度たりともない。

名前を見聞きしたことがある程度でしかない。

この魔導書が、シビルという人のものだったということも初耳だ。

だが、いつの日か見たあの夢に出てきた本は、これだったのかもしれない。いや、そうであったのだと、根拠はないがそう思えた。

これが、何なのか、詳しいところは分からない。

「俺が魔王から狙われる？」

それほどまでの価値があるとは思えないが、俺が知らないだけか？

もし、マーリンの言葉が本当なのであれば、是非とも知りたいところだ。

しかし……。

マーリンの寝顔を再度見つめる。

マーリンに聞くのは、正直無理そうだ。

この話はマーリンの地雷な気がする。踏み込むのはやめておこう。

俺の力で、答えを導き出すしかない。

「寝てる……よな？」

マーリンは悪夢にうなされているのか、その寝顔はあまり心地よくはなさそうに見える。

俺は、そんなマーリンにそっと毛布をかける。

「俺もそろそろ寝るか……」

急ぎ、修行を終える必要がある。今、この瞬間もユイたちはクレア護送で精神をすり減らしながら頑張っているはずだ。

遊んでいる場合ではない。

「元気にしてるかな」

時間帯的にすでに野営の準備を終え、休息しているといったところか……。

◇

襲い掛かるモンスターを退けながら、森の中の、馬車が通れる程度に整備された道を進むクレア一行。

王都出立から、十八回目の夜を迎え、同じく十八回目の野営の準備に取り掛かっていた。元々、野営経験のある者も多く、慣れた手つきで簡易的な拠点が展開されていく。その中心には、クレアとイレーナ、そしてジェリアンの乗る馬車があった。三人で乗っても窮屈には感じないほどの大きな馬車で、向かい合うように作られた椅子の足元を引っ張ることで、人が二人ほどは寝られる作りとなっていた。寝心地がいいか、と言われれば微妙だが、この馬車はそこらのモンスターの攻撃では、なかなか壊れないほど頑丈に作られていた。そのため、外のテントで寝るよりかは安全であり、クレア一人だけ、馬車内で寝ることとなっている。

その間、イレーナは馬車の近くで適当な椅子を出し、座りながら寝るというのが、ここ数日の流れだ。

今日も、仲は険悪なまま、夕食の時間が始まる。

馬車からジェリアンが降り、用意された夕食を三人分運んでくる。それを、イレーナが毒味し、クレアへと渡した。ジェリアンを行かせるのは、完全には信頼されていない証拠であり、イレーナがクレアから離れることはない。

毒味もしっかりとしており、護衛メンバーを完全には信用していないことを表していた。当然の行動ではあるのだが、疑いの目を向けられて良く思う者はいない。何より、得体の知れないメイド服の女が、自分たちより上であるかのような態度も気に入らなかった。よって、さらに雰囲気は悪くなっていった。余談だが、イレーナには毒は効かない。毒に対する高い耐性を持っている。それでも防げない猛毒もあるが、死に至ることはないそうだ。

「あの、イレーナ？　もう少し、周囲に気を……」

「はい。当然、近くに敵の気配がないか、常に警戒を……」

「そういうことではなくてですね」

イレーナが首を傾げ、キョトンとした顔でクレアを見つめた。

「いえ、なんでもないです。忘れてください」

説得を諦《あきら》め、毒味済みの夕食に手を付け始めた。

これまで、野営中にモンスターに襲われることはあったが、護衛のメンバーは怪我をすることすらなかった。今のところ、魔族の影は感じられない。もっとも、ロイドのような広範囲の探知が可能な者がいないため、絶対にないと、断言はできない。

ロイドとの関わりが深いメンバーからすれば、いかにロイドの存在が大きいのかを痛感させられる旅だった。

ユイ、ダッガス、シリカ、クロスはテントを二つ、近い位置に立てた後で、食事をとりな

がら会話していた。

会話内容は、カナリアについてだ。

「ねぇ、カナリアについてなんだけど……」

「はっきり言って、ロイドとは比べ物にならないな」

満場一致で、そういう結論に至る。

「強化魔法も詠唱ありで二種類だし、効果もロイドに比べるとね……」

「現役だったころのクルムくらいか、それより少し上ってとこだな」

「改めて、ロイドさんの異様さを再認識させられますね」

「あぁ。いかにロイドに頼っていたのかを、思い知らされる」

カナリアが弱いかと言われれば、決してそういうわけではない。優れた白魔導師であることは間違いない。ただ、ロイドが規格外すぎるのだ。それは、ユイ以外のメンバーは合宿の際にも感じていた。クルムと比較しても、ロイドの実力には遠く及ばない。

「あんなのを育て上げた、その師匠って何者なんだろうね」

「さぁな。正直、皆目見当もつかない」

「実は、ロイドを育てたのって伝説の冒険者だったりして……」

「いや、それはないだろ。伝説の冒険者が姿を消してからかなり経つが、いまだ確かな目撃情報は一切ない。普通、そんなのってあり得るのか？」

かなりの捜索が行われ、いまだ過激なファンの団体が捜索隊を組み、領内の探索などをしているが、それでも情報は上がってこなかった。

「伝説の冒険者の一人に、確か白魔導師の方がいましたが、その人の死亡は確認されていたはずです。子供がいた、というのも特になかった気がしますが……」

「生まれ変わり……なんてことはあるはずがないしな」

「まったく、いったいどこから現れたのやら」

そして、どこへ消えていったのやら。

今頃、王都やその近辺ではロイド死亡説が流れていることだろう。クレアとは違い、魔族にとって、ロイドは消す理由こそあれど、生かしておく理由はない。これまで何度も魔族を退け、その策略を妨害してきた厄介な戦力。

「やっぱり、そろそろそっちの方向でも覚悟しとかなきゃならないよな」

ダッガスがそんな言葉を呟いた。

そっちの方向……それすなわち、ロイドが殺された、というのを指す。

すでにロイドはいないものだとするなら、新たなパーティーの編成をしなくてはならない。白魔導師のような支援職ないし回復職くらいはいないと不味い。

「帝国に行って、募集でもかけるか？」

そんなクロスの提案に、腹を立てたのはユイだった。

「まだ、死んだって決まったわけじゃないでしょ！」

「そうだ。決まったわけじゃない。ただ、いないという事実は確かなんだ。どのみち、新たな冒険者を募集する必要はある。その、ロイドの生死以前に……」

「ロイドが、戻ってきたら？」

「その時は、その時考える。ただ、帝国で冒険者を募るのは、ひとまず決定事項でいいか？」

「ええ……それは、構わないわ」

ダッガスとて、ロイドの死を認めたくはないし、いまだ生きていると信じていた。

しかし、パーティーメンバーは募集する。回復魔法を使える者が、パーティーにいないのは痛い。

「帝国って確か、獣人の国、ですよね」

少しでも明るい話題を、とシリカがそう切り出した。

「勿論、人間も住んではいるが、九割……いや、それ以上は獣人だと聞いている」

「獣人って、人間よりも元の身体能力が高いんだっけ？」

ユイの問いに、ダッガスは頷き、話を続ける。

「鍛錬でどうにでもなる程度の差だがな。それに個人差もあるから、絶対にそうだとは言えない」

「ねぇ、獣人ならではの文化とかってあったりするの？」

「そこまでは知らないが、帝国は王国以上に実力主義の風潮が強い、ってのは一つの文化なのかもしれないな」

「そういうのじゃなくて、食べ物とか、祭りごととか、そういうやつ！」

「そこまでは知らない」

「なら、行ってからのお楽しみってことね。皇女様権限で、食べ歩き放題とか、できないかしら……」

ユイが邪《よこしま》な考えを巡らせている間、シリカは苦笑いを浮かべ、クロスが便乗しようとし、ダッガスが呆れてため息をついた。

それからも護送は順調に進み、さらに数日が経過した。


「ここからは、特に注意しろ。蛇王の目撃例が、ここ最近上がっているらしい」

蛇王は、この近辺で確認される巨大な蛇……元はカデューラと呼ばれる種類のモンスターで、その最上位種、カデューラ・ロードと呼ばれているのだが、極めて危険なモンスターと恐れられていた。全長は五十メートルと、これまた規格外なサイズをしている。

本来であれば、カデューラ・ロードの縄張りなんて通りたくはないが、馬車が通れる他の道は周囲にないことが確認されている。

「くそ、なんでこんなタイミングで目撃情報が入るんだ」

この近くの村に住む狩人が、カデューラ・ロードを初めて目撃したのは数日前で、そこから頻繁《ひんぱん》に目撃されるようになった。

あと二、三日で国境付近の合流地点に到着できる。そうなれば、帝国軍の隊長二人と大勢の兵士が待機してくれており、今より負担はぐっと軽くなる。そうすれば、あとは馬車で揺られながら帝都まで同行するだけでいい。何かあれば、当然戦闘には参加するが、周囲への警戒や野営の準備は、帝国の兵士がやってくれる。

　あと少しで、休める……はずだった。

　ここにきて、大きな誤算が生じたわけだ。

　勿論、ここを避けるか否かの議論はされた。しかし、最悪遭遇したとしても、倒すことは可能だと判断し、決行するに至ったわけだ。

「こんな時にこそ、ロイドがいれば……」

　知性の低い野生の、しかも隠密行動の苦手なカデューラ・ロードの探知は、そう難しくない。つまり、ロイドさえいれば、相手の位置を把握しながら楽々突破できたはずだ。

　でなければ、こんなにハラハラしながら護送することにはならなかったはずだ。

　ユイたちは、ここを通ることに乗り気ではなかった。遠回りしてでも、避けるべきだと。

　残念ながら、ユイたちの意見は、賛成派にかき消された。

　ここにいる護衛は国家も認める実力者。そんな彼らのプライドや出世欲など、様々な思いが決行へと駆り立てたのだ。険悪な雰囲気の中で旅を続けたことも、彼らの判断を惑わせたのかもしれない。

　イレーナだけは終始無言で、相変わらず何を考えているか、分からないといった様子だった。

　そんなイレーナは今も、馬車の中で平然とした表情で揺られていた。

「いざって時は、あのイレーナがいるんだ。大丈夫だろう」

　不安そうなユイやシリカを見かねて、ダッガスはそんな言葉を投げかけた。

「出会わないのが、一番ですけどね」

　今のところ、周囲はしんと静まっており、モンスターの気配はまったくと言っていいほど感じられなかった。風が吹き、葉が揺れる音だけが、鮮明に聞こえてくる。天候も良く、葉の隙間からさす木漏れ日が心地よい。

　最悪なのはこの場の雰囲気だけだ。

「この調子なら、接近されても分かりそうね。蛇王ほどの巨体ならば、音を立てずに行動するなんて絶対無理だろうし」

「そういえば、蛇系のモンスターって寒さに弱いらしいですよ。自分で体温調整ができないとかで」

　シリカが蛇に関する雑学を語った。

「つまり、この状況で最も適してるのって、セリオンだったってこと？」

　セリオンは氷晶の勇者。氷系の魔法の扱いにおいて、セリオンの右に出る者はいない。

「蛇王を普通の蛇系モンスターと同じものさしで計れるかは分かりませんが……」

「ロイドかセリオン、どちらか片方でもいれば、いかに気持ちが楽だったことか」

「本当ですね」

気が付けば、小声で話していたユイとシリカは注目を浴びていた。

「えーと」

「先程から、口を開けばロイドだとかセリオンだとか……」

そう、不満を真っ先にぶつけてきたのは、カナリアだった。

カナリアは大きな声を出しながら、ユイたちの元へと近づいていった。

「私は国に認められた白魔導師なの。英雄だか何だか知らないけど、所詮は冒険者。私は幼少期から教育を受け、励み続けてきた。のんきにお金稼ぎやってるあなた方のような冒険者と比べられるだけでも不快なのに、下に扱われるなんて……本当に不快ですわ！」

カナリアの怒りの声が、静かな森の中に響いた。

そんなカナリアに、ガリアレッドが歩み寄っていく。

「おい」

「なんですか？　私はあなた方を代表して不満を」

「誰もそんなことは頼んでいない」

「だって、あなた方も……」

「違う。俺らが見た理由は、声のボリュームをもっと下げろ、という意味でだな」

「へ？」

そんな間抜けなカナリアの声が聞こえた直後、近く……数十メートルほど先から、土が盛り返される轟音と、足元がふらつくほどの揺れが襲ってきた。

「こ、これは⁉」

何か、とてつもなく大きなものが、動いている。

それは、土の中に穴を掘り、眠っていた蛇王……カデューラ・ロードが地面を持ち上げながら、動き出す音だ。

「不味い。蛇王の野郎、ここに穴掘って寝てたのか！」

地面から、巨大な頭がにゅるりと現れ、少しずつその全貌を現す。

「デカいとは聞いていたが……凄い、迫力だ」

大きな盾をどっしりと構えながら、ガリアレッドが呟く。

「非戦闘員は下がれ！」

勝てない相手ではない、と判断したガリアレッドが指示を飛ばした。

「これより、蛇王討伐に取り掛かる」

その判断自体に、異論はなかった。これだけ近ければ、馬車で逃げ切ることはほぼ不可能だ。それに、蛇王が執拗に追ってきた場合、強化魔法などを多用したとて、逃げ切るのはかなり困難を極める。

「最悪、倒しきれなくてもいい。蛇王を退けられれば、それはそれで構わない」

「いやいや、退けるったってね」

地面から全身を出し、とぐろを巻くカデューラ・ロード。それだけで、地面が鳴り、周囲の木々がへし折られる。巻いた身体の間から顔を出し、こちらを見つめるカデューラ・ロードの姿は、それだけでもユイたちに確かな恐怖を与えた。

恐怖にあてられた護衛の一人が、右の眼球めがけ、一本の矢を放った。

瞬時に顔を引っ込め、矢はカデューラ・ロードの身体に当たるも、傷すらつけることなく、地へ落ちた。

「嘘だろ！」

国王が選んだ護衛だけあって、その腕はかなりのものだった。実際、弓を構えてから放つまでの時間はかなり短く、狙いも速度も完璧だった。

「あの巨体であの反応速度は反則だろ……」

「だが、蛇王は避けた。つまり、急所である可能性は高いということだ」

一連の行動から、すぐさま冷静に分析するガリアレッド。

「ちっ……とは言え流石にそこまで馬鹿じゃないか。蛇王の奴、警戒してやがる」

先程、矢を放った男……ヴェロスが弓を構えるものの、カデューラ・ロードは警戒してなかなか顔を出さない。巨体をゆっくりと動かしながら、とぐろを巻いている。

「あの身体。剣や魔法なら、傷をつけられるか？」

「近づくのは危険すぎるが、魔法は試す価値あり……」

刹那、巨体が物凄い速さで回転し、蛇王の信じられないほど太い尾が、木々を軽く薙ぎ払いながら、ヴェロスたちめがけて振るわれた。

当たれば、骨が折れるどころか、身体をへし折られ、絶命しかねない一撃だ。

クレアの乗っている馬車も、いくら丈夫な作りとは言えども、こんなものを喰らえばひとたまりもないだろう。それを察したイレーナが、クレアとジェリアンを連れ、馬車から飛び出した。

両腕に一人ずつ抱え、迫る巨大な尾を凝視するイレーナ。

しかし、巨大な尾はイレーナに衝突することはなく、ガリアレッドの巨大な盾により、何とか食い止められた。背後には、詠唱し強化魔法をかけるカナリアの姿もあった。かけた強化魔法は身体強化で、即座に唱えたため、カナリアの技量では一つが限界だった。

そんなカナリアに対し、賞賛の言葉が上がった。

「すげぇ、あの一瞬で……」

護衛の一人がそんな言葉を漏らした。

そう。これが常識だ。

カナリアもそう言われ、悪い気分ではなかった。ガリアレッドも、口にこそ出さないが、カナリアの対応には満足そうな様子だ。

だが、カデューラ・ロードを見上げ、その表情はすぐに険しいものへと変わった。

ジンジンと痛む両腕。足も今にもふらつき倒れそうなところを、何とか踏ん張りこらえている。

「なんて重い一撃……しかし、蛇王の奴、手加減しているな」

正直、受け止める以外の選択肢がなかったため、死ぬ気で受け止めようとはしたが、受け止められる自信はほぼなかった。巨体が猛スピードで迫ってくるのを直視した時は、死すらも覚悟した。だが、直撃する寸前で、少し速度が落ちるのを、確かにガリアレッドはその瞳に捉えていた。

　そして手を抜いた、と悟ったわけだが、それは事実だった。

カデューラ・ロードからすれば、自身こそが捕食者であり、この人間たちは餌でしかない。ゆえに全力を出すまでもないと思い、軽く尾を振るった。細かい肉片となり散ってしまえば、後々食べにくくなることは、経験から理解していた。

　そんな尾での薙ぎ払いを止められることはカデューラ・ロードにとっても想定外の結果であり、少しの間、理解が追い付かず動きが止まった。

「今だ、魔法を叩き込め！」

　その隙を無駄にしまいと、魔法を使える者に指示を飛ばした。

　シリカも指示を聞き、杖を構え、魔法を放つ。

「バースト！」

　カデューラ・ロードの巨体の一部が爆発し、他の魔術師が発動した魔法の効果も相まって、巨体がわずかによろけた。それはほんとうにわずかで、すぐに体勢は立て直されてしまう。怪我も見受けられない。

　ただ、まったくの無意味というわけではなく、痛みは感じているようだった。

「爆発系の魔法ってかなり魔力を使うんですけど、それであの程度のダメージですか……」

ガリアレッドも、魔法は決定打に欠けると判断し、魔術師数人を下がらせる。

「なら、次は物理的攻撃を……」

ガリアレッドが剣を構えるユイに、ちらりと視線を送る。

他にも、剣を扱う護衛は五人おり、彼らもいつでも攻撃できるよう、抜刀し構えを取っていた。

弓使いも目を潰すチャンスを窺い、いつでも放てるよう構えている。

回復、支援系の者は、少し後ろへと引きながら杖を握り締めていた。

カデューラ・ロードも、人間を餌から外敵へと認識を改める。いまだ、警戒してか顔を出さず、頭部は見えない。身体を渦巻き状にし、その中に頭部は隠され、完全に守られている。

「カナリア、強化魔法をお願い！」

「私に指図しないでもらえますか？」

そう不満をこぼしながらも、カナリアは詠唱し強化魔法で身体強化をかけた。

ロイドに比べると、やや劣る身体強化だが、それを愚痴ったところで、現状は変わらない。

「ありがと」

ユイはそう短く言葉を返した。

「少しでも傷がついてくれると有難いんだけど」

地面を蹴り上げ加速。

ユイがカデューラ・ロードの巨体めがけ、両手で力強く剣を振り下ろす。

剣は、外皮を破り、その肉に深い傷をつけるが、深く斬り込みすぎたせいか、途中で止まり、剣が抜けなくなる。

「やば！」

両手で抜こうとするも、剣はいっさい動かない。カデューラ・ロードの高い再生能力により、傷は治癒されていき、そのせいで深く食い込んだ剣は抜けにくくなってしまっていた。

「くっ、こうなったら」

ユイは両手で握る剣に魔力を込め、暴発させた。魔力の斬撃の応用だ。魔力をそのまま外部へと出力する技能に長けたユイだからこそ、できる攻撃。

その効果は抜群で、食い込んでいた剣と、その周囲の肉が、激しく飛び散った。

「ストレージ！」

収納魔法を発動し、予備の剣を即座に装備する。

他の剣士がすぐさま再生されてしまう程度の傷しかつけられなかった中、ユイの与えたダメージはかなり大きなものと言えた。カデューラ・ロードも、傷口に剣の破片がいくつも刺さっている状態で、無暗に再生させるのは良くないと本能的に判断したのか、再生させる様子もない。

「ユイ、お手柄だな」

下がったユイの前に出て、ダッガスが大きな盾を構える。

「でも、魔力を一気に使っちゃったから……。それに本当はいつもの感覚で、肉を斬り落とすつもりだったし、正直、不味いかも」

　ロイドといる時との感覚の大きな差が、ユイの力加減を迷わせる。

　予備の剣の数はそう多くない。今持っている分も含めて三本。それ以前に、暴発で半分近い魔力を持っていかれているため、あの威力を出せるのはあと二回が限界だ。

「あれは放てても あと二回ってとこね」

「斬撃を飛ばすやつは？」

「あれならまだまだ撃てるわ。あの巨体にどれだけ効くかは分からないけど……もう一発撃ち込んで蛇王が退くのに賭ける？」

　それは無謀だ、とダッガスはユイの案を却下する。

「どうかしら。私の強化魔法は？」

　周りの注目を集めるほどのダメージを与えたユイの功績は、自分の存在が大きいと言わんばかりに、カナリアはそうユイに問い掛けた。

「……助かったわ」

　面倒な口論を避けての言葉だったが、カナリアはそんなユイの気も知らず調子に乗り、煽るような口調で話し出す。

「当たり前でしょう？　何せ、国王に認められた、才能ある限られたものしかなれない宮廷魔導師の私の強化魔法なのだもの。そこらのSランク冒険者には絶対に劣らないわ。その、ロイドという方にも、当然負けませんわ」

「まだ、そんなことを言っているの？」

　ユイの眉がピクリと動く。

「はっきり言うけどロイドはね、あなたなんかとは比べられないほどの白魔導師だったわ！」

「なら、本人を連れてきて証明してください。証拠ですよ、証拠。私を侮辱するのでしたら、証拠を示してくださいません？」

　連れてこられないと分かっての挑発、煽りではあったが、仮に連れてこられたとしてもカナリアは自らの腕がロイドより劣っているとは、微塵も思っていなかった。

「そ、それは……」

　そんなギクシャクした言い争いを二人がする中、カデューラ・ロードは守りを解き、攻めの姿勢へと変わった。

　その鋭い目で周囲を一瞥し、誰から殺すか様子を窺う。

　そんな隙を逃さず、ヴェロスやクロスなどの弓使いが、眼球めがけて矢を放った。

　しかし、カデューラ・ロードはそれをかわし、それから木々の間を縫うように移動し続ける。縫う、とは言えあの巨体だ。綺麗に木々の間を通り抜けることはできていないが、それでも木や生い茂る植物が遮蔽物となり、眼球を狙いにくくしていた。

「これじゃ、狙い撃つのは難しいな」

　弓を下ろし、ダッガスの元へと駆け寄る。

カデューラ・ロードが、人の集まる場所めがけ、目を細めながら突進してきた。

ガリアレッドがその大きな盾を構えようとするが、激しい疲労が見られた。

「俺がやるしかない。カナリア、身体強化」

不服そうにしながらも、カナリアは身体強化をダッガスへとかけた。

ダッガスは背後に人を集め、大きな盾をどっしりと構える。

「よし、来い！」

ダッガスの盾と巨大な頭が激突する。ダッガスは、瞬時に受け止めるのは不味いと察し、その大きな盾をやや傾け、攻撃の軌道をそらす。ダッガスの腕に、ジンジンとした痺れと痛みが走るが、上手く流したため、比較的ダメージは少なかった。

カデューラ・ロードは再度、馬車道から消え、遮蔽物の多い木々の中へと姿を消した。これで逃げてくれれば、と淡い期待を抱くが、カデューラ・ロードはいまだ周囲で攻撃の期を、動き回りながら淡々と狙っている。

「このままじゃ、ジリ貧よ」

絶望的状況で、不安と恐怖が心を支配していく中、いまだ両脇にクレアとジェリアンを抱えたイレーナがユイの元へと歩み寄った。

「ユイ、ダッガス、二人をお願いします」

「え?」

「ちょ、おい！」

二人を置き、盾使いのダッガスの前を、スタスタと一人歩いていく。

「おい、イレーナ。勝手な行動は慎め！」

ガリアレッドが、大声を荒らげ、無防備に歩くメイド服姿のイレーナを止めようとする。

しかし、歩みは止まらない。

「おい、あいつ死ぬ気か？」

「メイド服で立ち向かうとか、正気じゃない」

護衛からそんな声が上がる。

「クレア様、イレーナさんが……」

ジェリアンが、クレアに不安そうな瞳を向けた。

いくらいけ好かない奴だとしても、一か月近くも共に馬車で揺られてきたイレーナに無残に死んでほしいかと聞かれれば、決してそうではなかった。

第一、常に警戒されていたのは不快だったが、仕事を奪われるようなことはなかった。

「あの、ユイさん、ダッガスも止めた方が」

ジェリアンが必死に訴えるも、ユイたちは止めようとはしなかった。あれだけ親しい間柄であるクレアも何も言わない。

武器すら持たず、防具すら身につけていないイレーナは格好の的と思ったのか、カデューラ・ロードは大きな口を開き、牙を剝き出しにしながら襲い掛かる。

イレーナの右側から襲い掛かるカデューラ・ロードの速度は凄まじく、優れた戦士ですら避けるのは困難であろう突進。それを、軽く、しかし高く跳躍し、カデューラ・ロードの頭上へと回避する。

カデューラ・ロードはそのまま再度木々の中へ消え……。

「逃がしませんよ」

刹那、背中から何枚もの蟲のものらしき羽が現れ、目にも止まらぬ速度で飛翔を開始した。木々の間を、綺麗に縫うようにして飛ぶイレーナの速度は、カデューラ・ロードの速度をゆうに上回っており、その距離はあっという間に縮まった。

その両腕を蟷螂を連想させるような形へと変態させ、蛇の巨体へと斬りかかった。

次々と肉片を削ぎ落とし、再生する間も与えずにひたすら攻撃を続ける。

流石に不味いと判断したのか、カデューラ・ロードは撤退を決心し、蛇王という名に相応しくない、恥すらも捨てた敗走を始めた。

「逃がすわけがないでしょう？」

イレーナはさらに加速し、カデューラ・ロードの眼前へと回り込む。

「形態《モード》・蜘蛛《アラクネ》」

スカートから下が肥大化し、そこから足が増えるように生えてきた。さらに元々あった足はその姿形を変え、蜘蛛《くも》の形態へと変貌させたイレーナは、無数の糸を生成し、まずはカデューラ・ロードの視界を覆い、その巨体を頭部から尾にかけて、拘束していく。周囲の木々を用い、動けなくなるまでひたすら糸を巻き付けていった。

「さて、討伐の証明は……」

表情一つ変えることなく、カデューラ・ロードの口元へと近寄るイレーナ。それをチャンスと感じたのか、その大きな口を開きイレーナの身体を喰らおうとした瞬間……。

「これは頂きます」

牙を捻じるようにもぎ取り、その口が閉じる前に後ろへと跳びのいた。

最後に、口元と鼻に糸を巻き付け、呼吸を完全に封じる。

痛そうに……そして苦しそうに悶えるカデューラ・ロードが絶命し、ぴくりとも動かなくなるまで、イレーナはそれとはまったく関係のない方向をじっと見つめていた。

◇

イレーナがその形態を人型へと戻し、クレアたちのいる元まで戻ると、全員が揃ってイレーナのことを驚いた様子で見つめていた。

「無事、だったのか？」

呼吸すら乱さず、違いと言えばほんの少しメイド服が汚れているだけのイレーナに、ガリアレッドが問い掛ける。

しかし、その質問は愚問だとすぐに悟った。それはイレーナが右手に、巨大な牙を持っていたからだ。牙の付け根だったと思われる部位には赤黒い血が付着しており、まだ凝固していないことから、新しいものと分かる。

「その牙はまさか……」

「蛇王の牙です。安心してください。蛇に息がないのはしっかりと確認してきましたので」

そう言うとイレーナは牙をポイッと投げ捨て、クレアの元へと向かった。

「クレア様……いえ、クレア。邪魔な蛇は片付けてきました」

イレーナは驚愕する周囲を他所に報告する。クレア、と呼び捨てで言い直したのは、そう呼んでほしいとお願いされているからだ。イレーナが様付けすると、クレアに嫌な顔をされてしまう。

「そ、そうですか。怪我は……」

「相手はたかが蛇。再生能力は面倒でしたが、それだけです」

自慢するでもなく、イレーナはそう言う。

イレーナは王都襲撃から何度も、訓練という名目でセリオンと喧嘩を繰り返し、その腕を磨いていた。実際は、ただセリオンかイレーナ、どちらがクレアの傍に仕える者として優れているかを競っていただけだったりするが、それでもその成長は凄まじく、ダンジョンに住んでいた頃を上回る強さへとなっていた。

「それにしても残念です。もし、この強さの虫系のモンスターであれば捕食し、その能力を獲得できたんですが……」

イレーナが先程投げ捨てた牙を眺めながら呟いた。

「相変わらずの強さね、イレーナ」

この中で誰よりもイレーナの強さを知っているユイが感嘆する。

「当然です」

「ははは……私ももっと強くならなきゃな」

「……期待しています」

「え？」

イレーナがこぼした言葉にユイは驚きの声を漏らした。

それ以上、イレーナが何かを語ることはなく、それから出立の準備を始める。

「イレーナ」

馬車に乗ろうとするイレーナをガリアレッドが呼び止める。

「なんでしょうか？」

「いや、その、さっきお前の背中から羽が生えたが、あれは……」

イレーナが元モンスターということは、ほんの一握りの者しか知らない。そのため、イレーナはこの技能について聞かれた際は決まってこう答えていた。

「私は少々特別でして。食べた虫系のモンスターの能力を取り込むことができるんです」

「な、なるほど、それで……」

嘘はついていない。

イレーナはそうとだけ説明し、馬車へと乗り込んだ。

「噂通り、いや、噂以上の実力だ……」

ガリアレッドが呟く。

他にも多くの者がその凄まじい力を持つイレーナに対する感情を一変させる中、一人、何か間違った方向で、鼓動を高鳴らせる者もいたが……。


こうして、蛇王の脅威を取り除き、帝国領へと向かい数日後。

おおよそ予定通りに、合流地点へと到着したのだった。

◇

「クレア様～！」

背丈の小さい獣人が、クレアに飛びつこうとダイブするも、イレーナにキャッチされる。

幼い容姿とは言え、突如として現れた獣人に、クレアを除いた全員が警戒態勢に入った。

しかし、そんなことはお構いなしにその獣人は声を荒らげる。

「あー、もう！　はーなーしーて！」

ジタバタと暴れるも、イレーナの腕は微動だにしない。

不快、と言わんばかりの鋭い目で、獣人の女を睨み続けるイレーナ。

「イレーナ、放してあげて。彼女は私の友達です」

「それは失礼しました」

そう言い、イレーナは手に持つ獣人の女を放り捨てる。

「ひっどい！　クレア様、この無礼者は誰ですか⁉」

「彼女はイレーナ。私の友人であり、頼りになる方です」

「へ～、こいつが？」

じーっとイレーナのことを隅々まで観察する。

「あなたは、何なんですか？」

「私？　私はルシカ！　五隊長の一人、弓将のルシカとは私のことだ！」

えっへんと胸を張り、ドヤ顔をするルシカ。

五隊長とは、帝国軍において特別秀でた獣人の兵士に与えられる称号で、弓将……すなわち、帝国の兵士の中で最も優れた弓使いということを表していた。

ガリアレッドはそれを聞き、言葉を選び話す。

「弓将殿、それで他の帝国の兵士は……」

「いるよ、少し先で待機している」

ルシカが来た方向を指さす。

「他にも隊長はいらっしゃると聞きましたが、どなたが来ていらっしゃるのでしょうか？」

「私以外の隊長だと、刀将が来てるよ。戦闘のことなら私でも分かるけど、それ以外の話は刀将にしてね。私、分かんないから！」

「は、はぁ……」

「それじゃ、ついてきて！」

　ルシカが軽快な足取りで森を歩き、その後を見失わないよう急ぎ足で歩くクレア一行。必死に追いかけた先に、帝国軍と思われる大勢の兵士を見つけた。

　クレアたちに気が付いた一人の獣人が駆け寄ってくる。

「大変、申し訳ありませんでした。ルシカがご無礼を……」

　そう言い、深く頭を下げる。

「拙者は五隊長が一人、刀将のムラサキと申します」

　ムラサキと名乗る獣人は和装で、腰にユイのものとは形が違う剣……刀を携えていた。

　凛とした立ち振る舞いのムラサキからは、ただ者ではない気配が感じられた。

「皆様もお疲れのことでしょう。あちらに馬車を用意してあります。ここからは、帝国軍にお任せください」

　ムラサキの指す先には、ユイたち全員が乗れるであろう数の馬車が用意されていた。

　ここから帝都まではまだ長い。しかし、ひとまずは休めることに一同は安堵する。

　それからイレーナを除いた護送メンバーは馬車へと乗り込んだ。

「イレーナ？」

　馬車まで見送りには来たものの、なかなか乗らないイレーナにクレアは尋ねた。

「すみません。すぐに追い付きますので、先に向かっていてください」

「何か、あったんですか？」

「いえ、私用で……」

「そうですか、それではお気を付けて」

クレアからの承諾を得たあと、イレーナは誰もいないはずの森の奥深くへと向かった。

周囲には悟られないよう気を付け、隠していたがイレーナにしては珍しく緊張していた。

警戒を怠ることなく、一歩一歩歩みを進めるイレーナ。

そして一見何もなさげな場所で歩みを止め、大きく息を吸い込んだ。

「そこにいるのは分かってます」

数秒ほど間が空いたあと、木の陰から一人の女が姿を現す。

「やっぱりバレてたか……今回はあの子がいないからって、油断しすぎたかな」

そう言いながら姿を現したのは、リリィだった。

「イレーナだったっけ。噂通りの実力者だわ」

褒められはするも、今のイレーナにはお世辞にしか聞こえなかった。

それほどまでの実力差を感じる。

「あなたはいったい……」

イレーナの額から汗が流れ落ちる。イレーナに、ロイドのような気配を探知する魔法は使えない。人間に比べ感覚が優れ、気配に敏感ではあるが、遠く離れた気配を明確に感じられるほどのものではない。

　しかし、本能が危険だと告げる……化け物と恐れられるイレーナをも凌駕する気配が三つ、常に遠くから監視していることを、はっきりと感じていた。

（こいつ、かなり強い……。他の二つもだけど、こいつが一番ヤバい。私でも敵わない）

　本能が絶対に敵わない相手だと告げる。

「敵、ではないと思っていいんですよね？」

「なんでそう思う？」

「何度も攻撃する隙はありました。今、この合流した状況でさえそうです。あなた方にとって、私たちを殲滅《せんめつ》するのは容易いでしょう。それに敵意を感じない」

「容易いってことはないけど。そうね、あと二人の手も借りれば可能だわ。手こずりそうなのはあなたとユイ、それに紫髪の剣士といったところかしら」

　ごくりと唾を呑むイレーナ。

「でも安心して。イレーナの察する通り私たちは敵じゃない。ただ……友人のお願いで、もしものことがあった時に、手を貸すよう頼まれてるだけ」

「友人、ですか……」

「そう。我が子のように愛し育ててきた弟子との誤解を解きたい、仲直りしたいってね。私も、ずっと見守ってきたし、ま、彼女らのために一肌脱いでいるってこと」

「詳しくは分かりませんが……今後も味方、として動くと判断していいのですか？」

「いいよ、って答えるのは簡単だけど……あなたは素性の知れない相手の言うことを信じるの？」

「普通なら、絶対に信じません。ですが、あなた方が敵に回った時は、正直、私一人ではどうしようもないので」

信じようが信じまいが、何も変わらない。

疑ったとて仕方がない、とイレーナは考えた。そんなイレーナを見て、リリィはこう告げる。

「そんなに不安に思うことはない。私たちが頼まれたのはここまでだから」

「ここまで？」

「ええ、帝国軍と合流するまでが私たちの仕事」

「帝都までは来ないんですか？」

「色々と事情があるから」

「事情……ですか」

「あんまり詮索しないでもらえると助かるんだけどね。ま、とにかく、私たちは帰るから、あとはよろしくね」

リリィは最後にそう告げ、ゆっくりとした足取りでその場を去った。

その間、イレーナは一歩も動くことなく、完全に姿が見えなくなるまでその背中を見送った。

蛇王との戦闘ですら汗一つ流すことはなかったイレーナだが、気が付けば大量の冷や汗をかいていた。

「もっと、強くならないと……」

イレーナは拳を強く握り締め、そう心に誓うのだった。


その後、優れない顔をして馬車に乗り込んできたイレーナを、クレアは心配そうに見つめていた。同席しているジェリアンも、圧倒的な強者であり、今までどんな状況でさえ顔色一つ変えなかったイレーナからは想像できない姿に、異常を感じていた。

「イレーナ、大丈夫ですか？　いったい、何が……」

「いえ、何も……」

嘘であることは明らかだが、それ以上追及しても無意味だと悟るクレア。それに、自分に報告しないということは、その方がいい、あるいは不必要とイレーナが判断したからであり、であれば下手に追及する必要もない、とクレアは考えた。

「イレーナ様」

ジェリアンが心配そうに、イレーナの顔をまじまじと見つめる。

「えーと、何故私に敬称を？」

クレア相手にならば分かる。というか、そうでなくてはならない。本人は第二皇女と呼ばれることを好んでいないが、それでも様くらいの敬称をつけるのは当然であり、絶対だ。友人認定を受けているユイたちやイレーナを除いて。

　しかし、イレーナに様をつける必要は一切ない。イレーナは頼り甲斐のある護衛であり、クレアの友人でこそあれ、特別な地位はない。

「どうかされましたか？」

「ひぇ⁉　そ、それは……」

　明らかに様子がおかしく、しかし心当たりのないクレアは首を傾げた。

「実は、イレーナ様のことが……」

「私がどうかしましたか？」

「いえいえ、なんでもないんです！　ただ、その常に凛とした姿だけでもそれはもう美しく、それに加え蛇王すらも華麗に討伐する強さに、その、私……」

　ジェリアンは非常にメイドとして優秀だ。それなのに最初に仕えた貴族からクビにされたのは、他のメイドへの度重なるセクハラが原因だった。実際、王国で働き始めてからも、あろうことか先輩メイドに手を出しかけ、警告を喰らっている。今回の任も選抜されたと言えば聞こえはいいが、厄介払いも理由の一つだった。幸い、ジェリアンは人間の女性にしか萌えない。ちなみに現国王はこのことは把握していない。先代国王は知っていたが、そんなの記録に残すまでもないと思い、記憶の片隅へと葬っていた。そのためデータとしては残っていない。それを知らない現国王が城内で働いているメイドにアンケートを取り、「誰が適任か」と聞き、ダントツで票を集めたのがジェリアンであり、確認したデータでは接客、雑務等が極めて優秀と表記されていたため、選抜したのだ。

「そ、そうですか……」

対応の分からない相手に、イレーナはらしくない戸惑いを見せる。

「ジェリアンは引き続き、クレアのことをお願いします」

「はい、クレア様とイレーナ様のため……誠心誠意頑張ります！」

「いえ、私のことはお構いなく」

「いえいえ、是非！　イレーナ様の身の回りのお世話も、この私が！　可能であれば帝都に着いてからも二人の……いえ、せめてイレーナ様だけでもいいので、引き続きメイドとして傍に置いてはくださらないでしょうか⁉」

「結構です」

「そんなことは言わずに、さぁ！」

結果、ジェリアンの押しに負け、イレーナは皇帝に話は伝えておくとだけ言い、その場を乗り切るのであった。

第三話　白魔導師、仮面の人となる

　開始から一か月ほどの時間をかけ、俺は何とかすべての修行を終えた。

　まだ、完全に使いこなせはしないが……ある程度は使えるようになった記念ということで、今日はいつもよりも豪勢な料理をマーリンと食べていた。そのほとんどは、マーリンのであって、記念というのはただの口実にすら聞こえるがな。

　食事しながら、俺は修行中、気になっていたことを質問した。

「師匠、気になっていたんだが、なんで支援系の職業じゃない師匠が、俺と同じ魔法をほとんど使えるんだ？」

「あぁ、それはだな……このポーションの効果だ」

　マーリンが魔法で金色に輝く液体の入った瓶を取り出す。

「これを飲めば、しばらくの間、自分の魔力の性質を変えることができる。ま、そんな便利なものではないがな。元々使えていた魔法に大きな制限がかかるし、ロイドが新たに習得した魔法のように高度なものは使えない。強化魔法や回復系の魔法を白魔導師や回復職の奴らと同程度に使えるようにはなるが、その職の上位に位置する魔法は使用できないし、弱体化もされる」

「実用的ではない、ってことか」

「そうだ。これ自体、素材やら製造法やらがかなりのもので作るのが大変らしいし、弱体化は避けられない。戦闘においてはまず使えないポーションだ。今回だって、私はほとんど口頭でしか教えられていないしな」

　実際、今回教わった魔法のほとんどは口頭での具体的な説明だけだった。

　そもそも特注品らしく、手に入りそうもないため、この話題は終わりにする。

　そして俺は、ずっと気になっていたことを問い掛けた。

「師匠、俺は白魔導師としてどの程度のレベルなんだ？」

　その質問を聞いたマーリンは表情を曇らせ、口を噤《つぐ》んでしまう。

　そうか……。

　素直に褒めてもらえる、とは思っていなかったが、ここまで返答に困らせてしまうとは、予想もしていなかった。困る、言いにくい、と言うことはつまり、そういうことなのだろう。

　俺はまだまだ未熟である、と。

　少しでも期待をしてしまった俺が恥ずかしく感じられた。

「いや、なんでもない。忘れてくれ」

「ん？　いや、私はまだ何も……」

「大丈夫だ。師匠に聞くまでもない、愚問だった」

答えなど聞かずとも言いたいことは理解できた。

俺はまだまだだ。

本当であればまだ、ここにとどまり、色々なことを学びたい。

ただ、一か月もマーリンの元に滞在してしまった。これ以上、ユイたちに迷惑をかけるわけにはいかない。

仕方ない。

「師匠、そろそろ出発したい。本当はまだ修行したいが……」

そんな俺の言葉を聞き、マーリンは一瞬、残念そうな表情を浮かべるが、すぐに「そうか」と返し、元の表情へと戻った。

「確かに、頃合いか……。よし、分かった。では、明日ここを発とう。行き先は帝都なんだろう？　あそこまでは遠い。途中まで私が送ろう」

「いいのか？」

「どうせ、やることもない」

教えたいことは教えたと、満足そうに言うマーリン。

この、マーリンと共に過ごす日々が終わる。

俺は、最後に質問を投げかけた。

「師匠、俺は外の世界を見て、色んな人を見てきた。それで疑問に感じたことがあるんだ」

「ほう……なんだ？」

「……師匠って何者なんだ？」

　俺はマーリンの本気を知らない。その魔力量も今だから分かるが、意図的に抑え、少なく見せている。実際、王都で誘拐された時は、俺が気配を探知できないほどに、その内に秘める魔力を隠蔽《いんぺい》していた。

　気配をコントロールするコツは掴んだが、至近距離での探知魔法にもかからないほどに気配を、魔力を隠蔽するなんて芸当は俺にはできない。魔力のコントロールが上手い。俺や、Sランク冒険者であるシリカを遥かに上回る。

　もし、マーリンがその実力を見せてくれたのなら、そのレベルを推測できるのだが、いくら思い返そうと推測の材料となり得るような魔法を使っている記憶がない。少なくとも、シリカなら絶対に使えるであろう魔法しか見せていない。

　その威力はやや高い気もするが……。

　他人にその実力を悟られないよう、常に意識して行動していたのか、もしくは魔力のコントロールが上手く、ほんの少し強いだけの魔術師なのか。

「何者か、か……難しい質問だ」

　本当に答えるのが難しいらしく、マーリンがその問いに答えるまでの間、静寂が二人を包んだ。

「少なくとも、私は大賢者と称えられるほど立派な者じゃない。それだけは確かだ」

　その言葉が嘘でないことは確かだった。

真偽を見分ける能力なんて俺にはないし、根拠もない。それでもマーリンの放ったその言葉に嘘偽りがないことは、明らかで、疑う気にすらならなかった。

◇

翌朝。待ち合わせの時間になってもマーリンは玄関に来なかった。

「やっぱり……」

理由は分かっているし、薄々こうなるのではないかと察していたため、驚きはない。

俺は一直線にマーリンの寝室へと向かった。扉を開け、部屋に足を踏み入れる。

そこには案の定、酷い寝相でいびきをかき爆睡する、マーリンの姿があった。

「はぁ……だと思った」

俺はマーリンの額に手を置き、思念伝達を発動した。軽く、脅かす程度に怒りの感情を流してみる。

「……はっ、これは⁉」

ぱっと目を覚まし、上半身を起こすマーリン。

「師匠、時間」

「時間？」

窓の外を見て、大体の時刻を確認するマーリン。

「あぁ、もうこんな時間か……」

寝坊したことを悪びれる様子はなく、ゆっくりとベッドから降りる。

「はぁ……先に外で待ってるぞ」

そう言い残し、ため息をつきながら俺は部屋を後にし、家の外へと出た。

マーリンが支度を済ませるまでの間、しばらくは見ることがないであろうその家を眺めた。

「たまには、帰省でもするか」

一か月の時を過ごし、かつての恐怖や気まずさのようなものはほとんど払拭されていた。

リリィさんやトールさんにも会いたい。

それからほどなくして、マーリンがやってきた。

「では、行くとしようか」

マーリンが俺の頭上に手を置く。

そして微かに笑みを浮かべたマーリンは俺と共に、転移魔法で移動できる限界の距離まで転移した。

「しばらくは飛行するが、問題はないだろ？」

「あぁ、問題ない」

そこからしばらくの間、休息を取りつつ飛行と転移を繰り返し、わずか数日で帝国領内へと到着した。

「いったん、ここらの街で宿に泊まるぞ」

少し離れた場所に見える街……ウルシスを指し、マーリンが言う。

風呂等の問題はマーリンの魔法があれば何とかなるし、最悪布団や食料も収納魔法でどうにかなりはするのだが、特に反論もないため、俺は頷いた。

「ここなら、ユイたちの動向が掴めるかもしれない」

もし、依頼内容に変更がないのであれば、帝国の軍が動いているはずだ。クレアの立場や魔法などの重要性を考えれば、軍のトップ層も動くはず。そうなれば、何かしらの情報が出回っていたり、目撃情報があったりしてもおかしくはない。

「そうだな。それじゃ、ここからは歩いていこう。飛行の魔法もまた、収納魔法同様広く知られていない魔法だ。鳥か何かと間違えられ、攻撃されるのは嫌だし、目立つのもごめんだからな」

降下し、地面に足をつけると、マーリンは何故か仮面を取り出し顔を隠した。

「……何してるんだ？」

「き、気にするな。ただのナンパ対策だ」

「ナンパ対策？」

「そうだ。まったく、美人すぎるのも時には考えようだな、うん」

確かにナンパ対策にはなるかもしれない。しかし、これでは注目を集めかねないし、何より横を歩いていて恥ずかしい。

だが、マーリンは俺が何を言おうが外さないだろうし、力ずくで外すのは間違いなく不可能だ。

つまり、我慢するしかない、と俺は瞬時に悟った。

「はぁ……」

「よし、行くぞ」

そんな俺のことなどお構いなしに、マーリンは街へ向かって歩き出した。

街へ入ると予想通り、俺たちは変な視線を集めた。

不審者の横を歩く俺もまた不審者扱いされている。

この視線……決して気持ちのいいものではないな。

俺は足早に、宿を探し歩いていて、ふとその足を止めた。

そこは弁当や携行食、水などの飲食物や新聞などを販売している店で、俺の狙いはずばりその新聞だった。

「師匠、少しあそこに寄ってもいいか？」

「ん？　あぁ、構わない」

三大国は共通の通貨を使用している。

修行を短期間で行うため、魔力回復のポーションを爆買いしたため、かなり減ってはいるが、問題はないだろう。

入店し、新聞のみを手に取り、店をすぐに出た。

それから近くの宿を二部屋借り、俺の部屋で合流した。

部屋に入るや否やマーリンは仮面を外し、収納魔法でしまう。

「やっぱり、暑っ苦しいな」

「なら、つけなければいいのでは？」

「いや、それだけはダメだ。ナンパされてしまう！」

意味不明なことを言うマーリンを横目に、俺はベッドへと腰掛け、新聞を開いた。

「えーとなになに……」

予想通り、帝国軍の動向は記載されていた。クレア護送と関連がありそうないくつかの場所で、帝国軍が動いている。おそらく魔族対策だろうが、事前に情報を持っている俺の目には、どこにユイたちがいるかはっきり分かる。

「クレアのことは、書かれてないか。えーと他には……へぇ、王国の英雄死亡……って」

何枚かページを捲ると、「王国の英雄死亡か!?」という記事が目に入った。

その記事を要約するとこうだ。

王国に現れた新たな英雄、ロイドが姿を消し一か月以上経過した。

魔王軍によるものだと推測され、すでに死亡している可能性が高い。

王国は捜索隊を編成し、捜索活動を行っているが一切手掛かりは見つからず、三大国もすでに死亡していると予想している。

「はぁ？」

理解が追い付かない。

死んでいる？

俺が？

確かに、ポーションの爆買いは転移魔法の使えるマーリンに任せていたため、一か月以上、俺は人前に姿を現していない。

しかし、いくらなんでも死んだなんて……。

「師匠、これは？」

「……私も初耳だ。ポーションと酒を買ったら、すぐに帰ってたからな。人通りが少ない時間帯を選んでいたし、買い出しに行ったのも数回だけだ。それに、久々のロイドとの時か……ごほん！　とにかく、まったく知らなかった」

「俺をさらう時、何か残したりしなかったのか？」

「あ、あぁ……リョウエンに他言無用とは伝えたが……」

リョウエンはマーリンを異様なまでに尊敬している。他言無用、と言われれば、仮に俺の死亡説が流れても黙っているだろう。

「師匠、どうしてくれるんだ？」

威圧的に俺はマーリンへと問い掛ける。

「え、えーと……ごめんな」

「ごめんって、はぁ……」

色々と言いたいことはある。

　だが、起こってしまったことは仕方がない。幸い、俺の人相は新聞に載せられておらず、街の人には俺が死んだと噂のロイド本人とはバレている様子はなく、騒ぎには至っていない。問題はどうやって生きていると報告するか。

　これがもし、魔王軍のせいならば「頑張って生還しました！」で何とかなる。責められることはないだろう。

　しかし、

「修行してました……なんて言えない。しかも、護送をほったらかしてとか」

　ユイたちだけでも、胃が痛くなるような思いなのに、三大国までが俺を死んだと予想し、動いている。いや、別に俺のことはどうでもいいのだが、このダンジョン産のアイテムが問題だ。聖剣レベルの武器をロストしたというのは無視できまい。

「終わった……」

　生きてました、なんて言ったらどうなるのか。

　想像もしたくない。

「仮面、いるか？」

「あぁ、そうだな」

　一か月も姿を消していたんだ。もう少し、姿を消しても問題はあるまい。いや、大ありなのだろうが、気持ちの整理をする時間が欲しかった。せめてマシな言い訳が思い浮かんでから、死ぬ気で謝りに行くとしよう。

「何があるか分からないから、しばらくは仮面をつけて外出することにする」

「なら、これも渡しておこう」

そう言い、マーリンは杖を差し出した。

「お前の持っているものには遠く及ばないが、それでもそこらではなかなか手には入らない一級品の杖だ。お詫びとして受け取ってくれ」

俺はそれを素直に受け取った。

「……ありがと」

「気にするな、どうせ予備で買ったものだ」

受け取った杖を収納魔法でしまう。

しばらくはこの杖を使うとしよう。

さて。生存報告という頭が痛くなるような問題はひとまず置いておくとして、どうやって帝都へと向かうか。

「ここから帝都まではどう行くつもりなんだ?」

何かしら考えがあるだろうと、マーリンに尋ねる。

「その……すまないが、帝都までは送れない」

「どうしてだ?」

申し訳なさそうに言うマーリンに、俺はそう尋ねた。

「……ロイド、帝都の五隊長は知っているか?」

「いや、詳しくは……」

クレアを誘拐したグリストが、かつてその地位にいたという程度の知識しかない。

「五隊長は、その名の通り五人の隊長格を指す言葉だ。今は確か、刀将、弓将、鎧将、拳将、そして魔将だったか」

各々が、Sランク冒険者を超える、帝国屈指の強者だそうだ。

「そのうちの一人、魔将が少し厄介でな。私はその、ちょっと理由があって奴にバレるわけにはいかんのだ」

「バレるわけにはいかないって、恨みを買うようなことでもしたのか？」

「ま、まぁ……そんなとこだ」

まったく、何をしているんだ、こいつは……という言葉は胸の内にとどめておく。

「それで、あまり近くには行けない。できれば、ここからはロイド一人で動いてほしい」

距離的には、ここからは徒歩でも問題はない。

「俺一人で、森を歩くのは無理じゃないか？」

俺は戦う術を持っていない……こともないのだが、ある程度の強さのモンスターとなると、逃げる以外の術はない。

そんな俺の問いに、マーリンはキョトンとした表情を見せた。

「余裕だと思うが……まぁ、不安なら冒険者のパーティーにでも紛れたらどうだ？」

「冒険者ギルドでプレートなんて出したら、俺が行方不明中のロイドだって一発でバレるぞ」

「それなら……」

　マーリンが冒険者プレートを俺へと差し出してきた。

「これは？」

「冒険者プレートだ。これを使えば、Ｄランク冒険者のナナシとして活動できる」

「これって不味いんじゃないのか？　だいたい、どうやってこんなものを手に入れたんだ」

「アベル……じゃなくて、私の古い知り合いから貰ってな。Ｄランク冒険者が不満なら、他にもＢランク、Ｃランクもあるぞ」

「いやいやいや、そういう問題じゃなくてだな……」

　これはれっきとした犯罪行為なのでは、という不安もあるが、バレることはまずないだろう。

　大陸中で活動している冒険者を、正確に把握することはできない。Ｓ、あるいはＡランク冒険者なら、厳正なチェックは入るだろうが、Ｄランク冒険者であれば特にないはずだ。この冒険者プレート自体が本物と区別がつかないほど、かなりしっかりとしているため、怪しまれることもあるまい。仮面の件は、冒険者らしく顔に酷い傷を負って……だとか、防具の一つだ、とでも言えば乗り切れる。

　Ｄランク冒険者は、ちょうどいいかもしれない。

「ナナシ、か」

「安直だが、この冒険者プレートは正真正銘の本物だ。その辺は心配しなくていい」

どういった経緯で手に入れたのか、気になりはしたが問い掛けはしなかった。

どうせ、答えてはくれないだろう。

「さて。明日には私もここを出る。リョウエンを構ってやらんとならんのでな」

「そうか……」

「なんだ？　寂しいのか？」

「まったく」

そう言われ、マーリンは肩を落とした……気がした。

「……可愛くない奴だな」

マーリンはそう言うと、部屋の扉へと歩いて行った。

「……何かあったら、私を頼れよ」

去り際にマーリンはそう言い、その翌朝には宿から姿を消していた。

◇

翌朝。俺は早速、冒険者ギルドへと向かった。

仮面をつけているため、周囲からの視線は多いが、これには慣れるしかない。ひょっとしたら、俺の顔を知っている者と出くわすかもしれない。

ウルシスの冒険者ギルドは、イシュタルと同程度の規模のもので、そこまでランクの高い冒険者の姿は見受けられなかった。平均がCランク程度、といったところだ。建物も王都の冒険者ギルドに比べればかなり見劣りするが、普通はこんなところだろう。

冒険者ギルドに足を踏み入れると、俺の元へと多くの視線が集まった。

仮面というのも原因の一つだろうが、単純に人間が珍しいのも大きな原因だろう。

受付へと向かい、冒険者プレートを見せる。

「臨時のパーティーメンバー募集、というのはないだろうか？　Dランクの白魔導師だが……」

「はい。それでしたら、いくつかありますよ」

臨時で雇う、というのはデメリットも大きいため、募集がないことも覚悟していたが、いくつかあると聞き、内心安堵した。

机上に並べられた紙は三枚。

うち一つは、帝都のとある商会の依頼で、帝都にある商会の本社に〝トリプトカウ〟という、三本の角を持つ牛を納品する依頼だ。様々な街の冒険者ギルドに依頼を出すほどの大きな商会らしく、狩りながら帝都へ向かう形になる。臨時募集がある理由は、パーティーの一人が抜けてしまったらしく、回復、あるいは支援職がいなくなってしまったらしい。

よし、全員が初対面のパーティーに比べれば、断然安全だろう。

難易度はC～D。

　これにしよう。

「これを受けたい」

「それでは、少しお待ちください。そろそろデイルさんが来ると思うので……」

　デイルは槍使いのCランク冒険者で、一応パーティーのリーダー的な獣人だそうだ。その他はCランクの盾使いシルト、Dランクの魔術師セレン。

　人数にはやや不安が残るが、そこは我慢するしかない。

　最悪、どうしようもない事態に遭遇したら飛行で……。

　そんなことを考えながら、ギルド内で待つこと十数分。

「あんたが、今回依頼を受けてくれたナナシさん？」

　俺よりやや年上と思われる、槍を背負う男に声をかけられる。

「そうだ」

「驚いた……人間の冒険者か」

「珍しいのか？　人間は」

「そこそこってとこだな。仮面を被った人間は、かなり珍しいが」

　デイルが俺の全身を上から下へとじーっと眺める。

　今の俺は不審者だからな。仕方あるまい。

「仮面は気にしないでくれ。ちょっとした事情でつけてはいるが、足は引っ張らないよう努める」

「詮索はしないさ。それより、いつ頃依頼に取り掛かれそうだ？」

いつ頃、か。俺はすでに遠出する準備は整っている。魔力回復のポーションも、修行で余ったものをいくつか持っていた。

いつでも出発可能だ。

「今すぐでも大丈夫だ」

「いや、無理に急がなくともいいぞ」

「本当に問題ない。デイルたちのペースに合わせる」

「そうだな……それじゃ、今日発とう」

それから、待ち合わせ場所と時間を教えてもらい、デイルとはいったん別れた。

よし、ここまでは順調だ。待ち合わせの時間まで、俺は街をふらふらと散策し、必要そうなものをいくつか買い揃えておいた。買い揃えるとは言ったものの、収納魔法で元々護送で使う予定のものが収納してあったため、食料以外は大抵揃っている。

「……さて」

待たせるのも悪いし、俺は早めにその場所へと向かった。

場所は街の入口の一つで、ちょうど帝都方面に位置する。周囲の目から解放されたいという思いもあり、俺は足早に待ち合わせ場所へと足を進めた。

「早く来たつもりだったんだが……」

まだ、待ち合わせまでは一時間近くある。

流石に俺が一番だろうと思っていたが、そうではなかった。

青髪の獣人の女……杖を持っていることや身にまとう装備から察するに、魔法系の冒険者だろう。

「おっ、仮面を被った人間……あなたがナナシかな？」

何故、俺がナナシだと分かったか……という問いはしない。

そんな特徴の人間、ここにはそういないだろう。この街で仮面を被った人間は、俺とマーリンくらいだ。

俺を知っているということは、これから依頼を共に行うパーティーメンバーだということだろうな。

「あぁ、そのナナシだ」

「どーも、初めまして。私はセレン。Dランクの魔術師、ランクは同じだね」

「そうだな……」

同じランク、か。ケモ耳を立たせながら、笑顔で語り掛けてくるセレンと名乗る獣人。

向こうは親近感を持つ一方で、俺には罪悪感が芽生えた。

ま、これっきりの関係だろうし、バレることはないだろうが……。

「白魔導師……ってことは支援職だよね、確か」

「そうだ。初めに言っておくが、そんなに期待はしないでほしい」

Dランクの時点でそんなに期待はされていないだろうが、念のため伝えておく。

「一応、念のため聞くけど、多少は回復魔法もできるんだよね？」

「多少は使えるが、こっちも期待しないでほしいな」

「りょーかい。でも、使えるならとりあえずはオッケーだね」

　臨時の募集の条件はDランク以上で、回復魔法が使える冒険者だった。新たに学んだ回復魔法もあるし、Dランク冒険者に期待される働きはできるはずだ。

　正直、この依頼は気持ち的に楽だった。今まで、実力以上の働きを期待されることが多かったが、ここではそんなことはない。無論、本気で取り組むが下手に気張る必要も、自分を卑下する必要もない。

「パーティーメンバーについて、教えてくれないか？」

　一時間もの間、無言を貫くのは気まずいと考え、そんな質問を投げかけた。

「メンバーについて？」

「知っておけば、戦闘時に的確なサポートができるからな」

「あー、なるほどね。いいよ、まだ時間あるし」

　それから、俺はセレンの話を参考に、適当な組み合わせの強化魔法を構築していった。構築、といっても脳内で、だいたいこんなところだろう、と組み立てただけだが……。

「ありがとな。おかげで、だいたいのイメージは掴めた」

「いえいえ、にしても凄いね。そこまで考えて行動してるなんて。なんか、ステラを見てるみたい」

別に、当然だと思うんだが……それより、

「ステラ？」

聞いたことのない名前だ。先程の説明の際にも出てこなかったが……。

「パーティーから抜けた冒険者か？」

「そ、すっごい回復魔法の使い手。司祭って職業だった」

司祭、か。白魔導師が支援系魔法をメインとし、回復魔法もそこそこは使える職業なのに対し、司祭は回復系の魔法がメインで、そこそこ支援系魔法も使える、といった職業だったはずだ。

「そんなに凄い人だったのか？」

「うーん、推測でしかないけど実力はAランク以上？　たぶん、そのくらいはある」

「なるほど……実力差により、パーティーを抜けたってことか」

「まぁ……ね。うん、そんな感じ。正確には、私たちが無理やり追放したんだけどね」

追放した……そう発言した瞬間、セレンの表情が暗くなるのを感じた。

「答えなくてもいいが、どうして追放したんだ？」

そんなに凄腕の回復職ならいてもらった方が断然良いはずだ。

「そのステラと私は幼馴染ってやつで、昔から仲が良かったんだ。だから、ステラは圧倒的な実力差がありながらもパーティーに居続けてくれたし、ランクもあえてCランクにとどめてた。でも、やっぱりそれって私たちがステラを縛ってるんじゃないかって思ってね……」

なるほど、それで無理やり追放か。

足を引っ張っているんじゃないかという罪悪感は、共感できるものだった。

俺も、ユイたちといて度々それを感じている。

「なんか、ごめん。初対面なのに辛気臭い話しちゃってさ」

セレンがニッコリと微笑みかける。

「いや、まぁ、それは別にいいんだが……」

なんだろう。話を聞いてしまってから、プレッシャー的なものを感じてしまう。深入りしたのは俺の方だし、セレンもそう言うつもりで話したのではないだろうが、臨時とは言え、そんな凄い前任者がいたとなると、期待こそされてはいないだろうが、俺もそのくらい頑張らなくてはならない気がしてしまう。

「言っておくが、そいつほどの回復魔法は使えないぞ、たぶん」

「安心して。私も流石に、ステラと比べて文句を言うなんて真似は絶対にしないから。人のこと言えるほど、私強くないしねー」

「言質は取ったからな」

「分かってますって」

これで俺が責められることはない。

もっとも、Dランクの白魔導師を王都で観察したことがあったが、あのくらいのレベルのことなら余裕でできる。そのたった一人を、基準として捉えるのなら、という話だが。

まぁ、おそらく大丈夫だろう。

「あれ、荷物はどうしたの？」

俺が何も持っていないことを見て、首を傾げるセレン。

「収納魔法を使ってる」

「収納、魔法？」

そうか……。

やはり、広く認知されていない魔法らしく、セレンは初耳といった様子だ。

「あぁ、こうやって……」

俺は試しに杖を取り出して見せた。

マーリンから貰った方の杖だ。

俺が何もない空間から背丈ほどある杖を取り出すのを見て、セレンは大きく目を見開いた。

「え、凄い！　それってなんでもしまえるの？　というか詠唱は？　それに、杖も使ってないのに魔法が……」

「容量は決まってるが、慣れればかなりの量しまえる。詠唱も慣れれば必要ない。あと、杖とかの媒介がいらないのは……」

俺は知っている限りのことを話した。別に、秘密にしておかなくてはならない魔法でもない。強いて言えば、この魔法を広めることで、鞄やリュックなどを製造、販売している人たちから恨みを買う可能性があるが……。

別に開発者は俺じゃないし、何とでも言い訳ができる。

「へぇ、こんな便利な魔法があったんだ。私でも使えるの？」

「すぐには使えないかもしれないが、職業に関係なく使えるはずだ。難易度の低いわりに、使えると凄い便利な魔法だと思うぞ」

それからすぐに、デイルとシルトがやってきて、俺は同じ質問を受けた。それに対し、セレンにした説明とまったく同じ説明を返す。


さて。

セレン、デイル、シルト。

三人の獣人との旅が始まったわけだが……。

今回は、今までとはまた違う旅になることだろう。人数もいつもより少ないし、ユイたちに比べれば遥かに弱いはずだ。

いつも以上に、油断はできない。

それに、帝都に着いてからといって安心はできない。むしろ、そこからが本番だ。

生存報告。ずっと考えてはいるものの、いまだに良さげな言い訳は思いついていない。

俺はありったけの不安を抱え、帝都へ向かって歩き出した。

俺が生きていること、どうやって説明しよう……。

◇

帝都クロイツは広さで言えば王都以上の規模を誇る大陸屈指の都市だ。そのため、冒険者ギルドも本部の他に、支部が二つもあるほどだ。大きい反面、全域が栄えているわけでなく、中には治安の面で多少問題がある区域も存在する。

そんな街の名物としては、闘技場での大会が挙げられ、頻繁に様々な大会が催されていた。大会は帝国が主催することもあれば、大きな商会が開くこともあり、大会によっては魔法禁止や、魔法のみなどの変わったルールが設定されていることもある。これを見るために、他の街や他国から来るお偉い方もいるほどだ。

帝都周辺に着いたユイたちは馬車を降り、城へ向かって歩いていた。

今、この場にいるのはクレアとイレーナ、人間の護衛と、刀将、弓将、それと数人の帝国軍の兵士たちだ。その他多くの兵士が、軍事演習からの帰還という名目で堂々と帝都へ入る中、少数の精鋭でクレアをこっそりと城内に入れるのが目的だ。他にも、注意が向かぬよう、帝国が大会を主催するなどの、策も講じられていた。

「懐かしい、ですね」

クレアが城を……久々の我が家を前に、そんな言葉を呟いた。

「やっぱり、恋しかったりするの？」

「それは、どうなのでしょうね。思い出深いのは確かなのですが、退屈ではありましたし、ある意味見飽きた光景とも言えるので……」

ユイの問い掛けに、クレアは複雑な心境を述べた。

誘拐、監禁されていた時は苦痛の日々だったが、そこから解放されてからの日々は、どれもが新鮮で、刺激的で、何より友人と共に過ごすのは楽しかった。それに対し、城内の日々は酷く退屈だった。また、退屈な日々に戻るのか、と思うとなんとなく素直に喜び難い、というのがクレアの心境であり、そのため反応に困っていた。

「私たちも、しばらくは帝都を拠点に活動する予定だからさ、何かあったら気軽に声かけていいからね。一緒に観光とかもしてみたいし！」

「お父様が、許してくださるといいのですが……」

クレア誘拐の反省を生かし、すでにクレアを城内で完全に保護、護衛する準備は整っていた。そこから外出する許可が、容易に下りるとは想像しにくい。

「なんかいい方法ないかな、クロス」

「あのな、俺に聞かれても……」

Sランクとは言え、ただの冒険者にそこまでの力はない。

お手上げだ、というクロスを見て、ルシカがくすりと笑った。

「なら、私たち五隊長と同等の実力があるって証明できればいいんじゃない？　勿論、各々が隊長一人と同格って意味でね」

「ルシカ、勝手なことを言わないで」

ルシカの勝手な提案を、ムラサキが取り消すよう促す。

「大丈夫だよ、私、弓の扱いなら誰にも負けない自信があるし」

「そういう問題ではなくて……」

ルシカの言葉に呆れ、ため息をつくムラサキ。

「競いたいなら、あとで勝手にやってくれ。当然、クレア様を巻き込むような賭けはなしで、だ」

「えー、ムラサキは？」

「拙者は……」

ムラサキがクレアの横に立つイレーナを見つめた。言葉使いこそ丁寧だが、その瞳は獲物を狩る獣のごとき、殺意すら垣間見えるほど鋭さを孕んでいた。

「イレーナ殿、よければこのあと、拙者と勝負してはくださいませんか？」

鋭い視線はともかく、決闘の誘いの真意を察したイレーナは落ち着いた様子で、ムラサキを見つめ返す。

「構いません」

ムラサキがイレーナを指名した理由は、言うまでもなくその実力を確かめるためだ。イレーナの誕生の経緯、人間ですらないことなどもムラサキは知っている。強いことも聞いており、このあとで皇帝からクレアのボディーガード兼メイドとして任命されることが確定していた。

　その上で皇帝から命令されたことがあった。それがイレーナの実力の把握だ。王国側の、そして何より娘の言葉を信じないわけではないが、その力を調査しておくことは必須だ。蛇王を倒した功績は大きいが、その程度ならムラサキ一人でも倒せる。

　ただ、単純に、ダンジョンの主の実力をムラサキが知りたがっている、という私情も多く含まれてはいるが……。

　こうしてルシカとクロス、イレーナとムラサキの決闘が決まった。

◇

　城壁内へと入り、人払いされた通路を辿って城内へと足を踏み入れた。

「皆様、大変申し訳ありませんが、ここからはクレア様、イレーナ殿、ルシカ、そして拙者だけで向かいます。皆様は応接室がありますので、そこでお待ちください」

　ムラサキの指示に従い、ユイたちは誘導されるがまま応接室へと向かった。

　皇帝は王国の国王暗殺の件もあって、かなり警戒しており、無暗に部外者を近づけるのは避けていた。人間の中に魔王側の者がいないとは断言できない。護衛に混じり、皇帝暗殺とクレア誘拐の両方を同時に行う機を窺っていないとも限らない。

「これは仕方ないわね」

「不快ですわ」

ユイとカナリアの言葉が重なった。

互いの顔を見つめ、怪訝そうな顔をする。

「不快って？」

「私は王国に仕える宮廷魔導師、選ばれし白魔導師なのです。それなのに、魔王側ではないかと疑われるなんて……不快に決まっているでしょう？」

「クレアの身を思えばこそよ」

ユイだって、クレアを救い出した自分らまで疑われている現状に、思うところはあった。しかし、皇帝がそこまで用心する気持ちも理解できた。それに、ユイたち冒険者組は、実のところこういった一国の王に謁見《えっけん》するようなことは回避したい、と考えていた。

「また、変に関係つくって国家絡みの依頼を受けるはめになるのは御免だしね。今回は、クレアのためだから参加したけどさ」

王国の時の二の舞にはなるまいと、ユイだけでなく、ダッガス、シリカ、クロスも同意見だった。下手に借りを作ったり、信頼関係を築くとろくなことにならない。

「クレアからお願いされたら、流石に断れないかもしれないけどね」

「そうですか」

カナリアは理解できないというような様子でそう返した。

「そういえば、クロスはどうするの？　ルシカと決闘するって」

「当たり前だろ。ユイこそ、悔しくはないのか？」

「私は弓使いじゃないしね。それに……」

ユイはいまだ、ロイドのことが内心で気になって仕方なかった。護送中も、ひょっとしたら生きていて、生存報告が入るんじゃないかと期待していた。ただ、残念ながらそういったことは起こらず、時間だけが過ぎていき、不安は日に日に増していった。頑張って隠してはいるものの、本調子が出ない。

別にクロスだって、ロイドのことを忘れているわけではない。ただ、いつまでも引きずっていても仕方ないし、何よりロイドが帰ってきた際、そんな情けない姿を見せたくない、と思っていた。それはダッガスとシリカも同じだ。

ユイだけが過剰にロイドの身を案じているのは、ユイが最もロイドと一緒にいた時間が長く、そして誰よりも心身共に救われてきたからだった。

ユイにとって、ロイドは……。

「ユイ、気持ちは分かるが、だからこそ、立ち止まるわけにはいかないんだ」

ダッガスがそれを察して、ユイに言葉をかける。

「そうだね。もし、イレーナが負けるほどの強者だったら、その時は教えでも請おうかな」

「それでもなお、戦わないんだな」

「イレーナが先約だし、疲弊したムラサキと戦ってもね」

戦うならば、万全の状態で戦って勝ちたい。

「それに、明日から回復職の冒険者を探さないとだしね」

「今のユイから、そんな言葉が出るとは思っていなかった」

「ロイドが帰ってきたとしても、回復職ならそのまま居続けても問題は……あるけど、許容できる範囲だしね」

六人パーティーになれば、一人当たりの報酬は減るが、生存率、成功率はぐっと上がる。

デメリットもあるがメリットもある。

「そうだな、居続けてもらうことも視野に入れて探すか」

「でも、ソロの回復職の……高ランク冒険者なんているんでしょうか？」

シリカの疑問はもっともで、そう簡単に見つかるかはかなり怪しいところだ。少なくともＡランク以上で、かつどこにも所属していない回復職なんてそうはいない。

「イシュタルでのことを思い出すね」

「あの時は、たまたまロイドという逸材に出会えたが、今回はどうだろうな」

「そう上手くはいかないかもしれませんね」

「でも、帝国は広いから、頑張って探してみよ」

そんな会話をしながら待つこと十数分、ムラサキが応接室へと戻ってきた。その周囲にクレアとイレーナの姿は見えない。

「王国から護衛してくださった皆様には、報酬を用意しております。こちらの事情で、城内で丁重にもてなせない分、報酬は割増しておりますので、ご理解とご納得のほどを、お願いいたします。また……」

ちらりとクロスを一瞥し、話を続けるムラサキ。

「闘技場で今行われている大会が終わり次第人払いをし、クロス、ルシカ、イレーナと拙者が、決闘を行う。クロスの参加は絶対として、興味のある人たちは観客席を用意してある。見に来ても構わないが……どうする？」

ムラサキの口調と雰囲気が変わった。

「ねぇ、ムラサキ、いつもの口調……」

「いいだろう、別に。一応、クレ……第二皇女の前じゃ気を付けていたが、やはり疲れる……言葉遣いに気を付けるというのは。というか、ルシカにだけは言われたくない」

礼儀正しい言動から一転、気だるげに話し出すムラサキ。

「それで？　観戦希望の者は？」

「私は結構。それより、早く宿を取って休みたいので」

結局、不参加を表明したのはカナリアだけで、他の面々は是非見たいとの意見を示した。

「では、後ほど闘技場へ。警備の奴にはお前らが来たら通すよう伝えておく。それじゃ、拙者も準備があるからこれで……」

それからムラサキは応接室を後にし、代わりの者が報酬を渡しに来た。カナリアはそれを受け取るとすぐに部屋を出て行った。ユイたちにはあえて呼び止める理由もないので、それを横目に見ながら報酬を収納魔法を用いしまう。

「貰うものはもらったし、決闘まではしばらく時間があるから、それまでに宿でも探しに行こっか」

「そうだな」

◇

宿を見つけ、休憩すること数時間。

日が傾き始めたあたりで、闘技場から人が歩いてくるのが分かった。それを見て、ユイたちは闘技場へと向かった。闘技場に着くとすぐに帝国の者に迎えられ、席へと案内された。クロスだけは別行動で、控室へと案内される。

ユイは席に着いてすぐ、ある人物の存在に気が付いた。

「あっ、クレア！」

「どうも、先程ぶりです」

「いいの？　ここは城外だけど」

「それは……」

クレアが背後に立つ、年老いた獣人に視線を向ける。

年寄、であるのは間違いないのだが、その背丈は二メートルを超えるほどで、ただ者ではないというオーラが漂っていた。実際、魔術師であるシリカは、その驚異的な魔力量の片鱗を肌で感じ、戦慄していた。

「この方は……」

「わしは魔将、クラウディア。帝国を守護する魔術師だ」

「魔将……どうりでこの気迫……」

　ユイたちの額から冷や汗が流れるほどの気迫が、クラウディアという獣人からは感じられた。

「クラウディアは帝国、いえ、大陸屈指の魔法の使い手で、帝国の切り札とも称されるお方なのですよ」

「大陸屈指、か。ふん、マーリンとかいうクソガキが現れるまでは大陸一の魔法の使い手と呼ばれていたんだがな」

　そう自虐しながら、クラウディアは豪快な笑い声を上げた。

「大賢者マーリンと知り合いなんですか？」

「あぁ、あの餓鬼とは一度、決闘をしたことがある。はっきり言って化け物だ、ありゃ。わしじゃ、敵わんかった。当時のわしに何度も何度も、街一つ消し去るような魔法を撃ち、必死に防ぐわしを笑っておったわい」

「そ、そんな酷い方なんですか？」

「まぁ、奴を侮り、先に挑発したわしにも非があるから、必ずしもそうとは言えんが……。他にも、聖教国一の聖騎士学校の首席を引き抜き、冒険者パーティーへと勧誘したりしとったわい。あの時は聖教国側も激怒しとったな」

ダンジョン攻略、先代魔王の討伐は有名な話だが、その陰にこんな英雄譚（？）が隠されていたことに、驚きを隠せないシリカたち。特に、大ファンであるユイは目をキラキラと輝かせながら話を聞いていた。

「そんな凄い話が……」

「ま、それを帳消しにするだけの実績と、誰も歯向かえない実力を備えておったクソガキじゃった」

マーリンに関する話で、会話を弾ませていると、準備を終えたクロスとルシカが入場してきた。

弓を装備するも、矢を一本しか持っていないクロスに、ルシカは首を傾げ尋ねる。

「ねぇ、矢は？　まさか、一本で私を仕留めるつもり？」

「すぐに分かるさ」

「ふーん……」

決闘開始の合図が鳴り、二人は同時に弓を構えた。

瞬時に放たれた二本の矢は、見事に衝突し、地面へと落下した。

「ストレージ」

詠唱と同時に矢が現れ、すぐさま二本目の矢がクロスから放たれる。一方で、ルシカは矢筒から取り出す動作があるため、いくら熟練とは言えどもクロスの速さには届かない。

「……ちっ！」

矢を手に取るのを諦め、回避に切り替えるルシカ。

「いいねー、面白いじゃん！」

クロスの見せた芸当に、ルシカは一瞬驚きこそしたが、すぐに余裕と言わんばかりの笑みを浮かべた。

「ストレージ」

再度詠唱し、三本目、四本目と、次々と矢を放ち続ける。

それに対し、ルシカは回避に専念するしかない……そうクロスが思った直後、ルシカは転がりながら、地面に刺さる、比較的状態の良い矢を拾い上げ、構えた。

「お返しよ！」

放たれた矢は直線上にクロスを捉える。狙われたのは右肩。当たれば、致命的な一撃になるのは間違いない。発射する寸前、わずかにルシカの口元が動いた気がしたが、それを気にしている場合ではない、と判断したクロス。

迫る矢を何とか回避しようと左に跳ぶ。

しかし、クロスは回避できず、矢はクロスの左の脛を貫いた。

「な、なんだ?」

理解が追い付かず、困惑するクロス。

その理由は、矢があり得ない軌道を描いたからだ。クロスが左に跳んだ瞬間、それを追尾するように矢は軌道を変えた。

「あちゃ〜、やっぱり他人の矢じゃこれが限界かな」

「どういうことだ？」

脛を貫かれ、まともに立てないクロス。

「えーと、これはアロウ・コントロールって魔法でね」

ルシカは矢筒から矢を取り出し、誰もいない観客席へ向かって放った。

普通に考えれば、ただ直線に跳んで観客席に刺さる。

しかし、放たれた矢は、くねくねと軌道を変え、空中を旋回したのち、ぽとりと落下した。

「矢を媒体として使う魔法で、放った矢をコントロールできるの。射撃距離が魔力量だったり、熟練度で変わるけど、かなり便利な魔法だよ」

「んだよ、その魔法……弓使いの常識が一変するぞ」

「もしかして、そんな便利な魔法があったら矢を放つ練習をする意味がなくなる、と思ったのかな？　だとしたら、ちょっと期待外れかな、キミは」

「は？　それはどういう……」

ルシカの勝利は誰の目から見ても明らかであり、すぐに決闘終了の合図が鳴った。

ルシカが悠々と歩いていくのに対し、帝国の医務職員の肩を借り、退場するクロス。

クロスが十数本の矢を放ったがすべて回避されたのに対し、ルシカはたった一本の矢でクロスを射抜いた。ルシカの圧勝と言っても過言ではない。

「あれが、五隊長……」

帝国一の弓使いの実力を目にしたユイが呟いた。

続いて、刀将のムラサキとメイド服を着たイレーナが入場してきた。ユイにとって、刀将の実力は似た武器を扱う者として非常に興味あるものだった。帝国一の剣……いや、刀の使い手の全力が見られるかもしれない。

ムラサキとイレーナは何も言わず、ただ決闘開始の合図を待つ。

そして、開始の合図と同時にムラサキが動いた。刀の柄に手を添え、イレーナに急接近する。

イレーナもその手を変化させ、両腕を覆うように硬い外皮を生成し迎え撃つ構えを取る。

「剣技・雷光」

抜刀されると刃は電気を纏い、バチバチと光を放っていた。

イレーナも、流石に触れるのは不味いと判断し、大きく後ろへと跳びのいた。

ムラサキの刀は、すんでのところでかわされ、空を切った。

「今のを避けるとは、流石……」

雷属性は極めて珍しい魔法だ。それを扱えるだけでなく、刀の扱いまで一級品。

「魔法剣士、というやつですか。それも雷の魔法……」

触れることで起こる通電は、イレーナの纏える鎧のような外皮でも防ぎきれない。となると、空中に飛んでから風の斬撃の雨を降らせるか、という考えが過るが、決定打には至らないと結論付け、他の手段を思索する。

数秒でその思索は終わった。

「そうですね」

両腕の硬い外皮を解除し、スタスタと平然とした様子でムラサキへ向かって歩みを進めた。

ムラサキは刀を上段に構え、間合いに入るのを待つ。イレーナの一挙一動に警戒しつつ待つが、イレーナに変わった動きはない。

そのままイレーナが間合いに入った刹那……。

「剣技・落雷」

振り下ろされた電気を纏う刀が身体に当たる寸前、イレーナは素早く踏み込み、その刀の柄を左手で握り締めた。イレーナの細い腕からは想像もつかないような凄まじい力で握られた刀は動かない。

その後、イレーナは動揺しているムラサキの口元へと右手を伸ばし、口を覆った。

「これで魔法は使えない。無詠唱での発動はできないんでしょう？」

「……んぐ⁉」

刀も、口元を覆う右手も、ムラサキの腕力ではどうしようもなかった。ムラサキが非力、ということではないが、イレーナの怪力の前には歯が立たなかった。

このままイレーナが腹部に数発、蹴りでも入れようものなら、ムラサキは意識を刈り取られ、敗北扱いとなるだろう。

詠唱ができない今、雷の魔法は封じられ、得意の剣術も柄を怪力で掴まれている状態では使用できない。

これでムラサキは負けたも同然……そうイレーナが確信した、次の瞬間。

ムラサキは刀から左手を放し、鞘に手をかける。鞘を引き抜く動作で、イレーナのみぞおちを突く。

「くっ……」

イレーナが一瞬、苦悶の表情を浮かべると同時に、わずかに力が緩むのを感じた。その隙を逃すまいと、ムラサキは刀を奪還し、後ろへと大きく跳びのいた。

ムラサキは距離を取りながら、鞘へと視線を落とした。イレーナのみぞおちを突いた部分が、ひび割れ崩れかけており、やや変形しているのもあって、これでは納刀できないことを悟った。納刀できず、先程のような不意打ちももう決まらないと考え、ムラサキは鞘を抜き地面へとそっと置いた。

「報告通りの実力です……」

そう言いながら、剣先にイレーナの首元を見据え、柄を握る手に力を込めた。

ゆっくりと息を吸い込み、そして……。

「奥義……」

バチバチと雷を刀身に纏わせ、イレーナを貫く勢いで猛進する。

当たれば、イレーナとて無事では済まない。

「殺しは禁止、なはずなのですが……これは、正当防衛ですよね」

イレーナの口角が、微かに上がった。

イレーナから、今までは一切感じられなかった殺意がその瞳に宿った……。

「待て、そこまでじゃ！」

観客席からクラウディアが飛び降り、二人の間に割って入る。

半透明の盾がムラサキ側にのみ、展開された。クラウディアの動きに気が付きムラサキが攻撃を弱めたのもあり、突きは盾と衝突し、その勢いを完全に失った。

「無詠唱……ロイドと同じ」

魔法で盾を展開したクラウディアを見ていたユイの口からそんな言葉が漏れた。

「どうして止めた！」

口調が完全に崩れるほどに苛立ち、ムラサキはキレながらクラウディアに向かって怒鳴る。

「これは拙者とイレーナの勝負だ！　邪魔を……」

「わしが止めなかったら、お前……しばらくは刀を振るえない身体になってたぞ」

「なっ⁉」

「そうなっては誰も得をせん。冷静になれ」

クラウディアの言葉にムラサキは反論せず、ただ悔しそうに顔をしかめた。

決闘は勝敗つかずの有耶無耶なまま終わった。

◇

決闘後、医務室に向かうと、手当てされたクロスが椅子に座り、虚空を見つめていた。

怪我はすでに完治し、歩けるはずだが、クロスはその場を動かない。

ユイたちに気付き、クロスが視線だけをそちらへと向けた。

「クロス……」

「ユイか。悪いな、あんな無様な負け方しちゃってさ」

「仕方ないでしょ、相手は帝国の最高戦力たち。私だって、ムラサキ相手じゃ勝てなかっただろうし」

シリカもダッガスも、隊長格相手では敵わないと感じていた。特にクラウディアは別格だった。残る二人も、強者であることは間違いない。これでは、クレアを城外へと連れ出すなど、夢のまた夢の話だ。隊長たちが守る城内の方が、断然安全なのだから。

「私にも、あの剣技……使えないかな？」

「でも、ユイって属性系の魔法の適性が……」

「ないことはないけど、使おうとしたら魔力消費が激しい上に、大した威力も出ない」

「それを使えないと言うんじゃ……」

「魔力を使うようになった今なら、こう、コツ的な何かが分かった気がして」

ユイが剣を引き抜き、目を瞑った。全神経を集中させ、魔力をコントロールする。

「剣技……」

すると、本当に微かではあるが、ユイの握る剣から風が放たれた。そよ風程度だが、ユイのやっていることは、ムラサキのそれと酷似している。

「あの域に至るには、まだ全然足りてないけど、不可能じゃない！」

ユイは剣を納めながら、そう鼓舞した。それは落ち込んでいるクロスに対してだけではなく、シリカとダッガスにも向けて放った言葉でもあった。

それを聞き、クロスは笑みを浮かべた。

「そうだな。俺も、あの魔法、絶対にものにしてやる」

「そうですね。ロイドが戻ってきた時に、胸を張って仲間だと言えるよう、励みましょう」

シリカはロイドを尊敬している節があり、そのせいか「さん」をつけたり、別格の敵わない存在と思い込んでしまいがちだった。しかし、このままではいけない。

「私も、クラウディアみたく強い魔術師になれるよう、頑張らないと！」

「いいな、お前たちは。明確な目標がいて」

そんな中、ダッガスだけが別の悩みを抱え、複雑な思いを秘めるのであった。

◇

決闘後、五隊長が城の特別な会議室に集まっていた。

ここは隊長専用の会議室であり、五角形の机が中心に設置され、それを囲むように五つの椅子が用意されている。

机上には、各々が持ち込んだ飲食物が置かれており、刀将ムラサキの前には緑茶、弓将ルシカの前には大量のお菓子が並んでいる。拳将、魔将の前には水が置かれ、鎧将のみ何もないといった様子だ。

こんな時でさえ、鎧将はその称号の由来となる鎧を纏っており、一切の肌の露出すらない。

「それで、俺たちが呼び出されたリユー、説明して貰おうじゃねーか」

拳将がムラサキと、お菓子を頬張るルシカを睨みつける。

「何をそんなに怒っている？」

ムラサキが不快感を露わにしながら拳将に尋ねる。

「別に。ただ、あんたらが気に食わないだけだ」

「気に食わない？」

「あぁそうだ！　何やら闘技場で決闘したみてーじゃねーか」

それを聞き、先程のイレーナとの一戦を思い出し、ムラサキは苦い顔をする。

「……それがどうした？」

「どうしたって、お前……そんなの羨ましすぎだろ！　いーなー！　くっそ羨ましいじゃねーか、おい！」

「はぁ？」

机を何度も叩きながらそう叫ぶ拳将。

「拙者は、皇帝からイレーナとやらの実力を測れと命を受け、動いたまでだ。好き好んで決闘したのはルシカの馬鹿だけだ」

「えー、ムラサキ！　それは酷いよー！　てか、ムラサキだってかなりやる気満々だったよね！　私知ってるよ！」

ルシカがお菓子を頬張りながら立ち上がり、反論をしようと口の中のものを呑み込んだ。

五隊長は決して仲が良いわけではない。むしろ、顔を合わせれば、喧嘩をするほど仲が悪い。魔将だけが唯一の例外だ。

喧嘩が起こった際、いつも一歩引いた立場で会議をまとめ上げるのは魔将の務めだった。

「落ち着け。わしらは喧嘩するために集まったのではない」

威圧感のある魔力を放ちながら、喧嘩する三人を抑制する。

「それで、ムラサキ、ルシカ。まず、おぬしらに戦いの率直な感想を聞きたい」

「はーい、じゃまず私からね」

ルシカが元気よく手を挙げる。

「えーと、クロスだっけ？　Sランク冒険者の弓使いの中では強いと思うよ？　でも、素直に言えば期待外れ。弓の腕は確かなんだけど、こう、なんか、足りないっていうか……ワンパターンで、慣れればなんてことないって感じ？」

クロスは強い。それはルシカも認めるところだが、弓の腕を磨き、満足していることにルシカは残念だという印象を覚えた。

「なるほどな。ムラサキは……」

　ムラサキは戦闘を思い浮かべ、再度苦い表情を浮かべると同時に、その手は微かに震えていた。悔しさゆえか、恐怖ゆえか、あえてそれを聞く者はいない。それは、この場の誰もが、ムラサキの腕を認めているからだ。だた、じっとムラサキが口を開くのを待つ。

「イレーナ、あれは正真正銘の化け物だ。冷静になった今だからより分かる。拙者にあれを倒すほどの力はない。セリオンクラスの化け物だ」

「ま、そうだろうな。わしも、イレーナには敵う気がせん」

　魔将も二人の間に割り込む際、イレーナの強烈な殺気にあてられ、悟られないよう平然を装ってはいたものの、内心はかなりひやひやしていた。もし、イレーナが攻撃をしてきたら、考えるだけでぞっとする。

「魔将がビビるほどの強者……戦ってみたいぜ」

「やめておけ。死にたくなければな」

　魔将の忠告をどれほど本気で受け止めているかは分からないが、拳将は笑みを浮かべながらも、その口を閉じた。

「最後にわしも言わせてもらうが、シリカという魔術師。あれも冒険者として見ればなかなかだ。王国で名を上げる冒険者なだけはある。ただ、予想以下というのが、見たところの率直な感想だ」

「そんなぱっと見ただけで分かるの？」

「あぁ、分かる」

　きっぱりと、魔将はそう言いきってみせる。

「ふーん。ま、魔法のことはあんまり詳しくないから、何も言わないけど。残るは、ダッガスとユイという人間……でも、この二人はデータがあんまりないからね。功績は見事なもんだけど、実際にその力を見てない以上、何とも言えないかな」

「そもそも、引き抜きはおまけだ。今回はイレーナという化け物の桁違いの実力が知れただけで満足しよう」

　この会議の主な議題内容はイレーナに関する情報共有と、クレアの専属護衛として相応しいかの最終確認。ユイたちの戦力把握は、後々、別の方法でする予定だった。その上で、対魔族に役立つほどの戦力が確認されれば、引き抜きなり、の手法を講じる予定だ。

「ちなみに、他の人間はー？　ほら、護送隊の人たち」

「あれは王国直属の兵士。優秀だったとて、引き抜けばそれは王国との仲を悪くする要因になりかねん。彼らが勝手に志願してくる分には構わんが、わしらが働きかけ、それがバレたりしたら大問題だ」

　国家間の仲を悪くするのはもってのほかだ。

「最後に気になるのは、護送直前に忽然と消息を絶ったロイドなる人間だ」

ロイド……今やその名を帝都で知らぬ者はいない、有名人。死亡説もあってか、王国ほどの注目度や人気はないが、それでも英雄の肩書は大きい。

「死んだって話だろ？」

「確定はしておらん。魔王軍がさらったという確証もない」

「自分で消息を絶ったとなりゃ……怖くなって逃げ出したとか？」

「ふん。受けると決めた仕事を前に怖気づき、逃げ出すような奴だとしたら、とんだヘタレな英雄だな」

　ムラサキが皮肉めいた口調で言う。

「でも、さっきクレア様から聞いた話だと、そうは思えなかったけどなぁ。それに、あのイレーナも認めてる様子だったよ」

　その言葉を聞き、ムラサキの眉がピクリと動く。ルシカは護送中、度々仕事をサボっては馬車に乗り込み、クレアやイレーナと話していた。ルシカが嘘をつく理由もないことから、その二人が認めているのは確かかと言える。

「支援職のくせに……」

　ムラサキがぼそりと呟く。

　ムラサキはロイドを称賛する声に、あまり良い顔はしなかった。

「だとすりゃ、やっぱ魔王が！」

「だから、そう結論を早まるな。魔王軍ほどの手練れでなくとも、誘拐くらい可能だ。英雄と称えられようと、白魔導師は支援職。腕っぷしはそう強くはない」

魔杖アスタルテを狙った蛮族の犯行の可能性を示唆し、結論を決めつけないよう警告する。

どちらの可能性も根拠がないという点は同じであり、魔将の言葉を否定する声は上がらなかった。

「……白魔導師、か」

何かを思い出したかのように、魔将が呟いた。

「何か思うとこでもあるの？」

「マーリンの仲間の中に鬼才の白魔導師と呼ばれた男がいたことを思い出しただけだ。シビル、という名に聞き覚えは？」

「あ？　誰だそいつは」

「私も聞いたことなーい」

知らないと答えるルシカと拳将。ムラサキと鎧将は無言かつ、無反応だ。

「まぁ、無理もない。名が知られていないわけではないが、今となっては知らぬ者も多い。大賢者、剣聖、守護者の三人の英雄を陰から支え続けた白魔導師、シビル。魔王との決戦にて命を落としてしまったからか、陰の立役者ゆえか、三人ほどの知名度はない」

「知り合いだったのか？」

「あぁ、顔見知り程度じゃが……」

難しい表情で、魔将は話を続ける。

「彼の死後、マーリンたちは各々、別の場所で姿を消した。不自然極まりない消息の絶ち方。世は、魔王軍の報復とも考えていたようだが、わしにはそうは思えん」

　シビル死亡後、マーリンの大きな変化と、その並外れた力を知っている魔将だからこそ、見えるものがある。

「マーリンらが生きていると、そう言いたいのか？」

「想像に任せる……」

　答えを濁す魔将の言い方に、ムラサキは不快そうに顔をしかめる。

「さ、昔話は終わりだ。そろそろ本題の結論を出さねばだが、クレア様の専属護衛としてイレーナは適任である、そして、王国で話題のユイらのパーティーだが全体で見た際、帝国の兵士として引き抜くほどの価値はない。そういう判断でよろしいかな？」

◇

　カナリアは王国内でも一部のエリートしか通うことのできない学院の出身だった。支援職としては学年トップの成績を収め卒業。その後すぐに王国内でも一部の者しか抱えられない宮廷魔導師として、王国に貢献していた。

　王国内でその名が、最高の白魔導師として知られるのも時間の問題だと確信していた。

　しかし、現実にはそうはならなかった。

その称号は、どこから現れたかも分からない無名の男のものとなった。

しかも、よりにもよってその男は学のない冒険者。カナリアは昔から冒険者が大のつくほど嫌いだった。

これでは母親の二の舞だ。

カナリアの母親も当時有力な白魔導師だったが、Ｓランク冒険者のシビルという男の陰に名を隠す結果となった。

認めたくはない。

だが、認めざるを得ない圧倒的な壁。

様々なものを犠牲にして重ねてきた努力を、才能という理不尽に踏み躙《にじ》られる感覚は、カナリアの母親にとって耐えがたい苦痛だった。最終的に、己の限界を感じ、心をぽっきりと折られたカナリアの母親は、宮廷魔導師の座を降りた。

戦場からも身を引いた。

その後は、宮廷魔導師時代に職場で知り合った魔術師と結婚。

不満のない、幸せな生活を送っていた……はずだった。

しかし、過去を忘れることなどできるはずもなく。

それは環境を通してカナリアへと受け継がれてしまった。

冒険者への嫌悪感という形で。

冒険者とは、学のない下等な職業だと。

学がなくとも、努力しなくとも、誰でもなれる職業。

「いや〜、まったく、あんな輩と旅だなんて、本当に面倒な依頼だったわ。ほんと、多額の報酬が貰える上、しばらく帝都観光を満喫できるって条件じゃなければ、やってらんなかったわ」

大量の紙袋をゆっくりと床に下ろす。

中身は帝都限定のお菓子や浴衣など。

「あと、帝都周辺で回ってないところと言えば……あっ」

ぱっと、帝都周辺にある、ある意味有名なスポットが頭に浮かんだ。

「龍王の祠《ほこら》も、確か帝都周辺だっけか。ま、火龍の伝説なんてのはどうせ、ただのデマでしょうけど、あんな危なっかしい噂であふれた場所、わざわざ近づきに行こうとは思わないわね」

龍王の祠に近づいた者は帰ってこない。これは有名な話だし、実際にそういう事例はある。それもあって、龍王の祠の伝説は有名だ。しかし、その祠が実際に恐れられていても、龍王の存在は信じられてはいなかった。それはすでに帝国軍の調べにより、龍王とは異なるモンスターの仕業であると発表されているからだ。

それでもなお、龍王の祠と呼ばれているのは、かつてドラゴンが住んでいたのは事実であることと、長い間その名で呼ばれ定着してしまったのが主な要因だ。

「それにしても、ドラゴンではないにしろ、いつまでそんなおっかないモンスターを放置しておくのかしら」

いまだに興味本位で近づいた冒険者が姿を消しているのは事実であり、同時にそれは凶悪なモンスターの実在を裏付ける証拠となっている。

「腐るほどいる馬鹿な冒険者が死ぬのは構わないけど、帝国も対応がお粗末ですね。ま、私には関係ないから、どうでもいいですけど」

事前に購入していた観光名所の載った雑誌を手に取り、ペラペラと捲る。

「龍王の祠は有名だけどまた別として、もっとしっかりとした歴史的建造物でも見て回ろうかしら……」

王国から帝都に行くのは容易ではない。長期的な休暇が必要となる。冒険者であれば、依頼をこなしながら長距離移動が可能だが、王国勤めのカナリアはそうはいかない。しばらくは来ることができないだろう。

本でしか見たことのない建物を実際に見て回るチャンスはこれを逃せばないかもしれない。

「帝都には歴史的建造物が多いし、どこから回ろうか……」

歴史の長さであればダントツで聖教国が勝るが、歴史的建造物の数は帝国の方が圧倒的に多い。

「闘技場……あそこも長い歴史があるし、ついでにイベントも楽しめる。そういえば、近いうちに大きめのイベントがあったっけ……」

今、帝都はとあるビッグイベントを控えていた。

参加条件なしの、トーナメントリーグ。優勝賞品はまだ発表されていないが、かなり豪華だということで、五隊長も参加するということがそれがただの噂ではないことを裏付けていた。

　直接戦闘できないカナリアにも出場する権利こそあれど、出場はかえって王国の宮廷魔導師の名を汚す……愚行となりかねない。

「さっきは面倒だし、疲れてたから行かなかったけど、ここらで五隊長の力を見ておくのもありかもしれないわね」

　別に、王国からそういった指示は受けていないが、王国と帝国の戦力差を知るいい機会だ。王国の騎士団長が引退した今、その差は歴然と噂されている。元々王国は帝国と同等の戦力を誇っていた。しかし、それは二十年ほど前のこと。王国で優秀な人材が育たなかった原因は、大賢者マーリンにある。多くの人間が自由な英雄像に憧れ、国に忠義を尽くす屈強な英雄像は過去のものとなった。

　それから才能の有無に関わらず若者は冒険者の道へと歩み出した。結果、王国の戦力は緩やかに低下の一途を辿っている。その国に滞在している冒険者も戦力として加算するのであれば話は変わるが……。

「五隊長の実力、拝見させてもらおうじゃない」

　ただの興味本位の行動。

　しかし、このイベントも含め、この軽い気持ちで始めた帝都観光がカナリアに大きな衝撃と変化をもたらすことになるとは、カナリアには知る由もなかった。

第四話　白魔導師、居場所をなくす

翌日から、ユイたちの仲間探しが始まった。

冒険者を探すなら、やはり冒険者ギルドに限る。ユイたちは帝都の観光も含め、帝都にある冒険者ギルドを三つすべて巡る予定だ。

まず、初めに行くのは一番大きな冒険者ギルドである本部だ。帝国で最も大きく、そして多くの冒険者が集まる本部なら、Ａランク以上の回復職がいるかもしれない。最悪、その場にいなかったとしても、募集をかけておけば、あとで見つかるかもしれない。

「早く見つかるといいなぁ」

「最低でも一週間はかかると思ってた方がいいぞ。ソロの回復職なんて、そういない。イシユタルで探すよりは、まだ全然可能性はあると思うが……」

早速、ギルド本部に辿りついたが、残念ながら回復職の高ランク冒険者に出会うことはなかった。仕方なく、受付で募集の書類を作ったあと、とある理由で盛り上がっているギルド本部を後にする。

「……分かってはいたけど、これは難航しそうね」

「予想していたことだ」

その後、もう一つのギルドへ向かったが、ここにも希望の冒険者はいなかった。多少の妥協も考えてはいたが、それを考慮してもなお、該当する冒険者はいなかった。

「最後の一つは……だいぶ、端にあるわね」

「ここは、正直あんまり期待はできないな。かなり端にあるし、そこまで大きくない」

実際、その建物は他二つに比べ小さく、古く感じられた。古く感じられたのは、メンテナンスの問題だろう。また、周囲もあまり賑わっている様子はなく、寂しく思えた。同じ帝都内でも、ここまで差があるのかというほど寂しく見える。その理由としては中心部から離れていることや、闘技場から遠くに位置することが挙げられる。ユイたちの宿も城や闘技場のあるところの近くにあるのだが、ここまではかなりの距離があった。わざわざ時間をかけてまで来たいか、と言われればよほどの変わり者でなければＮｏと答えるだろう。

帝都は広い。ゆえに、同じ帝都内でも貧富の差が生まれているのだ。

冒険者ギルドへと入り、受付へと向かう。途中、ギルド内を見回すも、冒険者の数はまばらだった。

「すいません。ソロで活動している回復職の……できれば、高ランクの冒険者っていませんか？　あっ、これ」

そう言い、ユイたちは冒険者プレートを見せる。

「はい。えーと、ランクは……え、Ｓランク！　しかも、あなた方は、ダンジョンを攻略した方々じゃありませんか⁉」

「あはは……まぁ、そう、だけど」

ギルド内にいる冒険者たちの視線が、ユイたちに集まる。実はここに来る前に訪れた二つの冒険者ギルドでも、ちょっとした話題になっていた。Sランク冒険者は、そういない。冒険者の数が多い帝都には、Sランク冒険者がそこそこいるが、それでも三十はまずいかない。その上、ダンジョン攻略組なだけあって、かなりの話題になっていた。あのダンジョンを攻略したSランク冒険者が帝都に来た、と。中にはパーティー入りを志願してくる者までいたほどだ。

残念ながらその中に、希望の冒険者はいなかったし、そういう冒険者ほど大したことのない奴らばっかりだったのだが……。

「目立てば、募集の話が大きく広まる分、有難くもあるけど……」

デメリッドもあった。

ロイドがパーティーメンバーだったことや、その代わりを探していることは、少し考えればすぐに分かることだ。それが原因でハードルが勝手に上がっているという、ユイたちにとって好ましくない雰囲気が生まれつつあった。

何せ、王国で英雄と称えられ、聖剣級のアイテムに認められし白魔導師。多くの冒険者が果たして自分にその代わりを務められるのだろうか、と考え、無理だと結論付けてしまう。

ユイたちも、別にロイドを基準にするつもりはない。

「その、Ｂランクでもいいので、パーティー入りを求めてる回復職の冒険者っていませんか？」

「そうですね……申し訳ありません。Ｃランク以下なら数名いるのですが、Ｂランク以上となると……今、パーティー入りを志願している回復職の冒険者はいません」

「Ｃランクか……」

流石にそこまでは妥協できないとの旨を受付へと伝え、ユイたちは冒険者ギルドを後にした。

「Ｃだと、受けられる依頼の難易度がかなり落ちるし、あんまりにも差があると入れたあとがかわいそうだからね」

「Ｂランクがギリギリで、可能ならＡランク以上ってとこだな」

実力に見合わない依頼に連れて行くのは、多くの危険が伴う。

「それにしても、私たちってかなり有名なんですね。ちょっと、驚きました」

「一部じゃ、伝説の冒険者の再来か？　なんて言われてるんでしょ……王都でもまあまあは騒がれたけど、すぐに収まったし……そもそもここまでじゃなかったよね？」

「そういうのをロイドが一手に引き受けてたってのもあるだろうが……まぁ、正直面倒だな」

とりあえず、帝都内のすべての冒険者ギルドを周り終え、今日の目標は達成した。このあとは、適当に観光でもしようと、宿方面に向かって歩き出してすぐのことだ。

オープンテラスの居酒屋から、声をかけられた。

目を向けると、淡い緑髪の獣人が顔を真っ赤にしながら、ジョッキ片手にユイたちを見ていた。

「ねぇねぇ、お姉さんたち」

面倒くさい酔っ払いに絡まれたと、嫌そうな顔をするユイ。

無視して進もうとするも、再度声をかけられる。

「ねぇ、待ってよ。凄腕の回復職の冒険者を探してるんでしょ？」

「あなたは？」

「ボク？　ボクはステラ。最近Ｂランクになった、仲間に見捨てられた哀れな冒険者さ」

ステラと名乗る獣人は、そう言うとポケットから冒険者プレートを取り出し、ユイの足元へと投げた。そこには、しっかりとＢランクと記されており、虚言ではないことを証明する。

Ｂランク……ユイたちがギリギリ妥協できる範囲だ。

「職業は？」

「司祭……回復魔法なら、得意だよ。正直、そこらのＳランク冒険者にも負けない自信があるね」

「それは、ちょっと大げさじゃないかな？」

ステラはかなり酔っ払っているようで、ただの酔っ払いの妄言だと考えるユイ。

それを察してか、ステラはある提案を持ちかける。

「そう思うならさ、騙されたと思って、一回だけ同行させてよ。ちょーど、金なくなっちゃって困ってんだよね～」

「そう言われてもね……」

仲間に引き入れる条件は、ギリギリ満たしている。これを逃せば、次に希望の条件の冒険者が見つかるのはしばらく先になるだろう。

「ダッガス、どうする？」

「悩ましいところだな」

「一応、連れて行ってみない？　まずは、そこまで難易度の高くない依頼で」

「それがいいかもな」

果たして、Ｓランク冒険者と同格と豪語するほどの実力があるのか。

「ねぇ、可能なら今から行かない？　ボク、宿に泊まる金もないんだ。だからさ、ね？」

「今からって、そろそろ夕方になるのよ？」

「でもボク、今夜泊まるお金ないしなぁ」

そう言い、にやりと笑みを浮かべた。

「要は金が欲しいってことね」

「そゆこと」

「はぁ……」

少し悩んだのち、ユイは仕方なくお金を渡す。

「それがあれば同じ宿に一泊できる」

「ありがとね～」

「はぁ……」

この身勝手さ。

仮にパーティーに加えたとして、問題はないのか。

ユイたちは頭を悩ませながら、酔っ払いを引き連れ宿へと戻るのだった。


翌日。

ユイたちはステラを連れ、冒険者ギルド帝国本部へと向かった。そこで難易度Bの「巨大蜥蜴《メガロ・リザード》」の討伐依頼を引き受ける。目標討伐数は一匹。その名の通り、巨大な蜥蜴で厄介なことに魔法を使うことができた。属性は一つ。使える属性は個体によって変わり、瞳の色で判別できる。

一般的には強いとされるが、蛇王と比べれば大したことはない。パーティーにSランク冒険者が一人か二人いれば、一匹狩るのはそこまで難しくないモンスターと言える。

依頼を受け、ユイたちは冒険者ギルドを出た。

「ユイさん……凄い人気者でしたね。流石です」

酔いは醒めているのだが、相変わらず掴みどころのない、軽薄なことを言うステラ。

「あなたは……ステラは何とも思わないわけ？」

プレッシャーを感じてしまってもおかしくはない状況だ。それなのに、緊張の片鱗すら見えない。

「別に。ボクはお金が貰えればそれでいい。……それでいいんだ」

一瞬、瞳に映った闇をユイは見逃さなかった。

昨日、ステラが言っていたことをユイは思い出す。

「仲間に見捨てられたって言ってたわよね。あれって……」

「お気になさらず。いいんだ、ボクが……。とにかく、心配しないで。ボクはパーティーに追い付けなくなって追放されたんじゃない。パーティーがボクに追い付けなくなって、それで追放されたんだ。ボクが優秀である何よりの証拠、だろ?」

冒険者が一人、しかもそれが回復職となれば、理由は追放か、仲間の殉職か、家庭の都合か……並々ならない理由である可能性が高いことは、承知していた。

「仲は良かったの?」

「うーん、どうなんだろうね。今更、どうでもいいことさ。それより、そのストレージって魔法教えてよ」

「収納魔法を?」

「そ、だってこんな長い杖、持ち歩くの不便だし」

「簡単じゃないわよ」

「分かってるって。帝都を出たらでいいからさ」

「まぁいいわ。減るもんじゃないし、教えてあげる！」

「やったぁ！　ありがと、ユイさん」

ステラは可愛らしい笑みを浮かべ、感謝を述べた。


…………

……

…


「できたぁ！」

ステラの喜びの声が、森の中に木霊する。

「う、嘘でしょ……私はあんなに苦戦したのに」

がっくりと肩を落とし、落ち込むユイにダッガスが同情の目を向けた。

ステラは収納魔法を、シリカよりもすんなりとやってのけたのだ。

「Sランク冒険者にすら負けない回復魔法の使い手というのは、本当かもしれませんね」

「あぁ、俺もまさかあそこまでとは思ってなかった」

シリカとクロスも驚くほどの吸収の速さ。自分は凄いと豪語するだけの何かを持っているのは確かだった。

「こんなぁ便利な魔法、どこで知ったの？」

「ロイドに教わったの」

「あー、英雄さんね。一応言っておくけど、そこらのSランクとは張り合えても、ボクは噂の彼ほど優秀じゃない。少なくとも今はね。だから、英雄さん並みの働きは期待しないでほしいかなぁ」

「そんなことしないわ。ロイドは、いい意味でおかしいから」

その言葉に、ダッガスたちも深く頷いた。

「ってか、意外ね。素直に認めるんだ」

「嫌だなぁ。ボクだってそこまで馬鹿じゃないですって。ちゃーんと、考えて発言してますって」

「本当に、よく分からない人ね」

「正確には、よく分からない獣人ですけどね」

ケモ耳を見せつけるように動かし、獣人ですよとユイにアピールする。

「うっ……」

この性格でさえなければ、まだ好感を持つことができるのだが。

「そんな嫌そうな顔しないでくださいよ。ボク、性格はあれだけど、腕は確かなので！」

「なら、それを見せてもらおうじゃない」

それからしばらく歩き、巨大蜥蜴《メガロ・リザード》の巣だと思われる区域へと、足を踏み入れた。

茂みに身を潜めながら、巨大蜥蜴《メガロ・リザード》の様子を観察する。全長十メートルほどの大きな身体を、四本の足で支えてのそのそと歩いている。ダークブルーの瞳を左右に動かし、獲物を探す。

普通の冒険者なら、逃げ出すような相手だが……。

「なんか、懐かしいわね」

「そうだな。確か、全員がAランクの時に一回だけ受けたんだっけか。相変わらず、こいつの肉やら皮には価値があるんだな」

「それに危険ですから、危険なモンスターも減らせて、素材も手に入る。一石二鳥ですからね」

今回の依頼主はとある商会なのだが、帝都周辺の治安維持にも一役買っている。そのため評判も良く、信頼も厚い。商いをする上で、信頼は言うまでもなく大切だ。

「冒険者ギルドとしても、低ランクの冒険者の殉職するリスクを減らすことにつながるから、この手の依頼は受理されやすい」

「でも、その商会……えーと」

「ラオール商会な」

「そ、そのラオール商会って、王都じゃ聞かないわよね」

そんなユイたちの疑問に答えたのはステラだった。

「最近できた商会だからね。最近って言っても、三年くらいは経ってるけど。いずれは、王国まで範囲を広げるかもしれないけど、今は帝国領土に活動を集中させてるって感じかな」

「どうりで聞かないわけだ」

ダッガスが納得のいった様子で言う。

「それより、実力を見るって言ったけど、回復魔法って私たちが怪我するのが前提なのよね」

「クロス、一昨日の怪我はどうだ？」

「回復魔法でとっくに完治してる」

「ま、当然よね。手当てしてくれたのって、帝国に仕えている回復魔法の使い手なわけだし」

ステラの回復魔法を見るまでもなく、討伐し終えてしまう可能性が高い。

「仕方ない。怪我をしなかったら、その時また考えよう。それに、ユイもクロスも試したい魔法があるんだろ？」

「そうね。それじゃ、まずはクロスからね」

「あぁ、失敗したら……いや、ほぼ確実に失敗するから頼むぞ、ユイ」

「おっけー、任せなさい」

ユイが鞘から剣を抜き、クロスも弓を巨大蜥蜴《メガロ・リザード》に向けて、構えた。

「アロウ・コントロール」

そう詠唱すると同時に矢を放つが、矢は至って常識的な直線を描き、巨大蜥蜴《メガロ・リザード》の胴に浅く刺さる。

「やっぱ硬いな、あの鱗……」

巨大蜥蜴《メガロ・リザード》も痛みでユイたちに気が付いたらしく、その瞳を鈍く光らせた。

　魔法を放つ前兆だ。

「属性は水だ、俺が盾で……」

「いえ、私がやるわ！」

　ユイが茂みから飛び出し、柄を強く握る。そして、魔力を剣に流すイメージを思い浮かべた。

「剣技・風刃！」

　刀身が風を纏う。それは、ムラサキの使っていた剣技と似ていた。纏っているのが、電気か風かの違いだ。

　いける。そう確信して、蜥蜴へと剣を振るった。

　しかし、そう簡単にはいかず、巨大蜥蜴に当たる前に、纏っていた風は発散し、消えてしまった。

　ユイの振るった剣は巨大蜥蜴に傷を与えるも、致命傷には至らない。

「ちっ！」

　ユイの身体を食いちぎろうと、大きな口が開かれる。

　丸呑みされるほどは大きくないが、下手したら死にかねない。

「ダッガス、盾！」

　その一言ですべてを察したダッガスは、その大きな盾をユイめがけて投げつけた。

それを何とかキャッチしたユイは、剣を捨て両手で盾を構えた。

何とか鋭い牙を防ぎ、そのまま盾を構えながら後退するユイ。

「危なっ……ってか、よくこんな重い盾を軽々と扱うわね」

「当然だろ、盾使いなんだから。それより、盾返してくれ。それはなかなか売ってない貴重なやつで替えがきかない」

「分かってる。第一、私こんな重い盾扱えないわ」

「剣士のくせに、貧弱だな」

「うっさいわね」

ユイが余計なお世話だと、嫌そうな表情をする。

「あの～、痴話喧嘩中に悪いけど、蜥蜴、こっちに来ますよ？」

巨大蜥蜴を指さしながら、ステラが言う。

「そ、そうね……」

「そうだ！　怪我はしてない？　あったらボクが……」

ユイの身体を眺めるが、怪我らしきものは一切見当たらない。

「って思ったんだけど、残念」

「残念って、あんたね……」

ユイは正直、ステラが苦手だった。掴みどころがなく、常に人を小馬鹿にしたような態度を取りながらも、だがどうしてか間違ったことは言っていない。実力があるのも、おそらくは本当だと感じつつあった。

「仕方ないなぁ～。こうなったら、別の方法で証明するか」

ステラはそう言うとポケットから種を取り出した。

「種？」

「そう、種！」

その種を「えいっ！」という可愛らしい声で巨大蜥蜴へと投げつけるステラ。

種は巨大蜥蜴に当たったあと、地面に落ちる。

「それじゃ、いくよ」

杖の先端を地面へと向け詠唱する。

「オーバーヒール」

刹那、何本ものツタが地面から伸び、巨大蜥蜴の身体へとまとわりついた。

「これは……」

「過剰な回復で、植物の急成長を促す……回復魔法の応用だよ。地面の栄養素を吸収するのには変わりないから、枯れた土壌では使えないし、同じ場所では何度も使えないけど。結構便利な魔法でしょ？」

目の前に広がる光景は、ステラがBランクを超える力を持っていることを証明していた。

「ステラ、あなたは……」

口だけではない。確かな実力と発想に驚愕するユイたち。

　ひょっとするとステラは本当にSランクを凌ぐ冒険者に……

「はぁ、はぁ、あの、そういうのいいから、早く倒してもらえません？　これ、魔力を大量に使うし……ツタの強度も、ちょっと硬いくらいなので……」

　杖に身を任せ、肩で息をするステラが、早くとどめを刺すよう促す。

「分かったわ」

　ユイは剣を抜き、喉元を切り裂く。

　自由の利かない巨大蜥蜴の喉元を斬ることはユイにとってそう難しいことではない。

「ふぅ……」

　剣についた血を拭き、鞘へとしまう。

「終わったわよ……って」

　地面に座り込むステラを、じーっと見つめる。

「大丈夫なの？」

「気分がすぐれないかも……頭、ふらふらする。これ、魔力消費が多すぎて……一気に消費するから、脱力感とか倦怠感がヤバいんだ」

　気持ち悪そうに口元を押さえる。

「そんなことになるなら使わなければいいのに……」

　凄い回復魔法の使い手なのは分かったが、同時にアホではないかという疑惑が生まれた。

「しょうがないわね……ダッガス、背負ってあげて」

「はぁ……ほら、掴まれ」

膝を曲げ、背中に掴まるよう促すダッガス。

「ありがと……うぅ」

「吐くんじゃないぞ」

「頑張ります……うっ」

「いつもこの魔法を使うとこうなるのか？」

ダッガスが、顔を真っ青にして遠くを見つめるステラに尋ねる。

「ううん、いつも気持ちは悪くはなるけど、今日はちょっと二日酔いで……」

「自業自得だな」

呆れ、ため息をつくダッガスに、ユイが笑みを浮かべながら語り掛ける。

「よかったじゃない、可愛い女の子背負えて」

「馬鹿言え、吐かれないか不安でそれどころじゃない」

「ふーん」

「おい、なんだその反応」

ユイとダッガスの会話を、背中に掴まるステラはキョトンとした顔で聞いていた。

「ねぇ……」

「何？」

「そのさ、一応言っておくけど、ボク、男だよ？」

「「「えっ……」」」

　四人の声が重なる。

「まさか、全員ボクが女の子だと思ってたの？」

「ま、うん」

　ステラの身長はユイよりやや低く、手足も白く細い。それに加え、可憐な女の子としか思えない顔立ちをしており、声も男性とは思えないほど高かった。確かに、女性にしては少しだけ声が低い気がするが、違和感はない程度だ。

　分かるはずがない、と四人は内心で呟く。

「ま、いいけどさ。今後はそのつもりでよろしくね」

　ステラは勘違いされていたことに対し、嫌そうな顔をするでもなく、ただそう言うのだった。

◇

　デイルが先頭に立ち、地図を見ながら森の中を進む。

　地図には、危険区域や帝都へのルートが記されており、トリプトカウの生息域もいくつか記されていた。

　ユイたち以上に慎重に、おすすめされたルートを進んでいく。

俺も探知魔法を使っているが、この調子なら大丈夫そうだ。

「ナナシ、その杖って随分と高そうに見えるんだけど」

確かに、Ｄランク冒険者が持つには、見合わない上質な杖だ。

「貰いものだ」

「へー、いいなぁ。私もいつか、そんな杖を持って、ド派手な魔法をかます冒険者になりたいなぁ」

ド派手な魔法。支援職たる俺には縁遠い魔法だな。

「セレンの目標は、やっぱりＳランク冒険者になることなのか？」

「当たり前でしょ！　Ｓランク冒険者と言えば、全冒険者の夢、なりたくない冒険者の方が少ないはずよ」

「そう、なのか」

熱のこもった瞳で、語るセレン。

改めて、ユイたちの凄さを痛感させられた。

俺はまぁ、複雑な事情もあってＳランク冒険者となったが、地道にコツコツ依頼をこなしＳランク冒険者へと至るのは、そう容易いことではない。

「ナナシは、そういったのないの？　目標とか」

「目標か……まぁ、なんだろうな」

「ないの？　Ｓランク冒険者になりたいとか、モンスターを倒して人助けしたいとか、名声が欲しいとか……」

「そういうのはあまりないな」

「ふーん、珍しいね」

「そうか？」

「そうだよ」

そこで、セレンとの会話が途絶えてしまう。

しまったな。こういうのは、嘘でも何か言っておいた方が、会話が弾んだことだろう。

失念していた。

「えーと、セレンはこの依頼を受けたことがあるのか？」

何とか話題をひねり出し、会話を再開させる。

「ステラがいた時に何回か。一体一体が強いから、厄介なのよね。特に突進には注意しないと、突進を正面から喰らって死んだ冒険者もいるって話だし」

「想像したくないな」

「うん、デイルもシルトも……私も今回はいつも以上に緊張している。ステラがいなくなってから、逃げるように本当に簡単な依頼ばっかりやってたから」

「回復職がいない状態だ。仕方ない」

「でも、いつまでも立ち止まってはいられない。いつか、Sランク冒険者になるためにも」

今回がその一歩、というわけか。まぁ、そのステラという冒険者を追放していることから、本心ではどこか諦めを感じているようにも思えるが……。

　重い。俺はただ、安全に帝都に向かいたいだけだというのに。

「ナナシは、パーティーに所属したりはしないの？」

「あー、えーと、まぁ、理由……そう、理由があってだな。所属するつもりは、少なくとも今のところない」

　言葉を濁し、何とかその場を乗り切ろうと試みる。

「ふーん、ま、深くは聞かないでおこっかな。人には人の事情ってのがあると思うし」

　そんな会話をしていた時、探知魔法にある気配が引っかかった。

　警戒するほどのモンスターではないが、これはおそらく……。

「数キロ先に、モンスターの気配がある」

「数キロ先？」

　地図を持ち、先行していたデイルが足を止め、こちらを振り返る。

「なんで分かるんだよ」

「探知魔法で周囲の気配を探っていた」

「探知魔法って、おいおい。そういう魔法があるってのは聞いたことはあったが、使えることは百歩、いや、千歩譲って分かるとして、数キロ先なんて分かるのか!?」

「まぁ、普通だろ？」

　至って普通なことを言ったつもりだが……。

そういえば、ユイたちの前でこの魔法を使った時もかなり驚いていた。

「いや、異常だろ……」

デイルが驚きを通り越し、ドン引きしながら言う。

「そんなことはいい。それより、ちょうど二キロくらい先が生息域の一つじゃなかったか？」

気配の強さや位置的に、トリプトカウで間違いはないと思うが……。

「そうだな、ちょうどそこらへんだ」

「すっごい、ナナシってそんなことができたの!?」

セレンも、無口なシルトも驚愕の表情をしていた。

「それで、ここらで一匹狩っておくのか？　方針は、リーダーのデイルに任せる」

「収納魔法って、モンスターの死体も運べるか？」

「生きているのは無理だが、死んでいれば運べる」

「よし。ならここらで一匹狩るか。肉は、新鮮なまま届けるのは難しそうだが、その時は俺らで食べちまおう。腐らせるのももったいないからな」

トリプトカウはその皮だけでも、価値がある。

方針を固め、俺たちはトリプトカウと思われる気配の元へと歩いた。

予想通り、そこにいたのは一匹のトリプトカウだった。生い茂る草を食べるのに夢中で、こちらには気が付いていないようだ。

不意打ちを仕掛けるチャンスだ。

「セレン、いけるか？」

デイルが背後に控えるセレンに問い掛ける。

「ええ、得意の水属性魔法なら……」

杖を握る手には力が込められており、微かに震えていた。

先頭に立ち、盾を持つシルトも、まだトリプトカウが気が付いてすらいないというのに、ややこわばっているのが分かる。

「セレン、大丈夫か？」

「たぶん……」

「俺もサポートする」

新たに習得した、強化魔法・魔《ソーサラー》を無詠唱で発動する。これには、消費魔力量の軽減と、威力・効果の増強、さらには感覚強化という、魔法使い向けの効果が組み込まれている。感覚強化は、その名の通り、視覚や聴覚などの感覚を活性化させる。

「なんか、凄い活力がみなぎってくるんだけど⁉」

「魔法特化型の強化魔法を使った」

「えっ、でも詠唱してないよね？」

「無詠唱だ」

デイルもシルトもかなり驚いた様子で、目を見開いて俺を見ている。

「ナナシ、お前はいったい……」

「ただのDランク冒険者だ。それより、何か魔法を」

「わ、分かった。それじゃ、ウォーターボール！」

セレンの杖先から、巨大な水の塊が射出され、トリプトカウに衝突した。塊は弾けながらトリプトカウを吹っ飛ばす。勢いよく飛ばされたトリプトカウは木に身体を強打し、衝撃で意識を失った。

「ま、こんなところか」

探知魔法で周囲にモンスターの気配がないことを確認しながら、気絶するトリプトカウの元へと歩く。

「ん？」

俺は自分以外の足音が聞こえないことを不審に思い、後ろを振り返った。

何故か、セレンたちは一歩たりとも、その場から動こうとしない。

「おい、何をして……」

「いや、ナナシこそ！　私に何をしたの!?」

「え？　いやいや、何をしたって、普通に強化魔法をかけただけだが……」

そんな、俺がまるで何かいけないことをしたかのような台詞を、真剣な表情で吐かないでもらいたいんだが……。

「あなた……何者なの？」

「何者って言われてもだな」

何とも返答に困る問いだ。

「仮面をつけた不審な姿に、常識外れの実力……いったい」

セレンが、怯え、警戒するような瞳を俺へと向ける。

心外だ。俺は至って当然のことをしたまでだ。見た目は……まぁ、反論の余地すらないが、この程度は常識の範囲内だろう。Ｄランク冒険者にしては、やや高いのかもしれないが、そんな目を向けられるほどではない。

「ただの白魔導師だ」

俺はセレンの問いに、正直にそう答えた。


その晩。

セレンが事前に用意していた食材を用い、夕飯を作り、その間俺は料理ではなく、野営のためテントなどを用意していた。他にデイルとシルトも、野営の準備に回っていた。

テントを立て終えてすぐに、セレンも夕飯の調理を終え、全員で夕食をとる。

ここで、ある問題が生じた。仮面をつけながらでは、食事ができないということだ。少し考えれば分かることだが、失念していた。

「それで、どうやって食べるの？」

俺はわずかに仮面を持ち上げ、ずらすことで口元だけを見えるようにする。

視界が大幅に狭まり、下の方しか見えないが、仕方あるまい。

「なあ、まさかないとは思うが、ナナシって……」

デイルが俺を凝視し、何かを問おうとするも、その先をなかなか言おうとはしなかった。

「どうかしたか？」

「いや、なんでもない」

俺から尋ねてみるも、デイルが答えることはなかった。

その後、食事を終え、俺たちは眠りについた。

夜間、交代で見張りはするが、何故か俺はずっと寝ていていいとのことだったので、遠慮なく休ませてもらうことにした。

それからしばらくして。

俺のテント内へと侵入しようとする何者かの気配で、俺は目を覚ました。

かなり近い。俺は枕元に置いていた仮面を手に取り、装着した。そして杖を取り出し、片手で軽く杖に触れながら、寝ているふりをする。

いつでも魔法を使えるようにするためだ。

俺のテントに侵入してきたのはデイルだった。その背後にも二つの影。おそらく、セレンとシルトだろうな。

何が目的だ？

すぐに逃げるべきか、もう少し待ってその目的を探るべきか。

武装はしているようだが、デイルは槍を構えてはおらず、殺意も感じられない。

ゆっくりと、足音を立てないように歩み寄るデイルが、俺の仮面に手を伸ばしたところで、俺はその手を掴んだ。

「……なっ!?」

俺は掴んだその手に、思念伝達で殺意を伝える。

直接的な攻撃にはならないが、威嚇にはなるし、不意を突ける。

顔を真っ青にし、戦くデイル。そのまま、バランスを崩しながらも逃げるようにテントから、抜け出した。

威嚇のつもりだったが、少しやりすぎたか？

「デイル！　だ、大丈夫!?」

「あ、あぁ……って、それより！」

俺がテントを出ると、杖と槍を向けられた。

「何のつもりだ？　これは」

杖を構え、攻撃の姿勢を示す。

ま、攻撃のできる魔法なんて、ろくにないが……。

人数的にも俺が不利だが、逃げることくらいなら可能だろう。

槍で俺を突こうとするデイルの攻撃を、俺は杖で払う。

身体強化《フィジカル》・身を発動し、身体能力と感覚を大幅に強化する。これなら、槍術というものを一切使えない俺でも、それなりに相手できる。少なくとも、現時点で単純なフィジカルなら俺が勝っているのだから。

実際、俺に槍を払われたデイルの体勢は大きく崩れていた。

次に、セレンだが、こちらは厄介だ。

セレンは攻撃魔法系の職業で、その上水属性だ。それに対し、俺は支援職で、扱える唯一の属性が火属性。しかも、並みの威力を出すことでさえ、強化魔法の使用が前提となる。すなわち、消費魔力量が大きい、ということだ。

修行のおかげもあって、魔力量は格段に増えたが……。

まったく、非戦闘職とも言える俺に、寄ってたかって攻撃してくるとは。

こんな時、新たに習得した〝火属性支援魔法〟を使えればいいのだが、あれは自分には使えない。

「もう一度聞く、目的はなんだ？」

「ナナシ、あなたこそ目的はなんなの⁉」

震える口調で、叫ぶように問い掛けてくる。

「あなた、聖教国の監獄から抜け出した、脱走犯なんでしょ！」

聖教国で脱獄した一部の囚人がいまだ見つかっていないという話は耳にする。実際のところは不明だが、そういう話が出てくるのも分かる。不安を駆り立てるような話は、その真偽に関わらず伝搬されやすい。

「Dランク冒険者とは思えない実力、正体を隠す仮面、そして人間。つまり、そういうことなんでしょ？」

実力はともかく、セレンの意見は決してぶっ飛んだものではなく、それなりに理屈としては成り立っていた。

「そういうことか……」

俺の一挙一動に、怯えるのも納得だ。

どう言い訳したものか……。

ありのままの真実を話すというのはあまりにも軽率な言動な気もするが、かといってまともな言い訳も思いつかない。顔に大きな怪我がどうとか、故郷の習慣だとか、そういった嘘はかえって不信感を増しかねない。まさか、聖教国での一件が、このような形で俺にも影響を及ぼすとは。

正体をバラすか……いやしかし、それは悪手ではないか？

「何とか答えなさいよ！」

このまま有耶無耶な状態を保ち続けても、通報されかねない。

ここは正体を明かしてでも、穏便に済ませるのがよいか……。

そう思った瞬間。

探知魔法に気配が引っかかる。気配は地中から感じ、こちらへと猛進してきている。

こんな静かな中、大声を出していたんだ。

俺は、その気配の主が狙っていると思われるセレンを抱きかかえ、飛行の魔法を発動する。

「ちょ、離し……」

その数秒後、地中から飛び出すようにして巨大なミミズが姿を現す。

デイルとシルトも反応に遅れるが、あの二人はセレンに比べ、身体能力は高い。それに、狙われていたのは予想通りセレンだったため、二人が怪我をすることはなかった。

「あ、あれは……」

「こんな真夜中に大声出すからこうなるんだ」

やや説教気味に俺はセレンへと忠告した。

このモンスターは攻撃時以外は、地中に逃げる面倒くさいモンスターで、肉もおいしくなく、素材にもならないことから、嫌われている。討伐するのが面倒なのに、報酬はうまくない。

「はぁ……」

俺は徐々に降下し、地面に着地する。

そして、わざとらしく地面を力強く踏みつけた。

「ちょ、何して⁉」

セレンの声も相まってか、ミミズは再度地面から顔を出し、大きな口を開いた。俺は再度急上昇し、ついでに収納魔法で刃物類をいくつか放り投げる。飲み込んだミミズは途端に暴れ出し、苦しそうに悶えた。それからすぐに、脱兎のごとく地中を駆け、逃げていった。

「ま、こうなるよな」

気配が遠くまで逃げたのを確認し、俺は着地した。

投げ込んだのは調理用の包丁や素材の皮を剥ぎ取るためのナイフなどで、毒を塗っていたりするわけではないが、恐怖を与え、敗走させるには十分だ。

「大丈夫か？」

呼吸の荒いセレンに、そう声をかけた。

「こ、怖かったぁ……」

腰を抜かしたのか、ぐったりと地面に座り込むセレン。

デイルとシルトも、安堵の様子が窺える。

「なんで助けたの？」

「なんでって、別に敵でもあるまいし。臨時とは言え、パーティーメンバーなんだから」

「ありがと……」

俺の言動が何らかの功を成したのか、その晩、デイルたちが俺の正体について言及してくることはなかった。

まぁ、少し冷静に考えれば分かることだが、依頼中に俺をパーティーから離脱させるのは危険すぎる。

こんなんでも唯一の回復手段だからな。

今回はそれよりも、俺への疑いが勝り、こういう事態になってしまったが……仮面をつけての冒険者活動は、もう少し慎重にすべきだな。

俺は警戒しつつも、再度浅い眠りについた。


翌朝。

出発してすぐにセレンが話しかけてきた。

昨日のこともあり、帝都到着まで気まずい雰囲気が続くことを覚悟していた。

話しかけられた時は、少し驚いたが……。

何の用だろうか。

「昨晩はごめん。それと、ありがと……」

「気にするな。顔を隠してた俺にも非がある。だから、本当に気にしなくていい」

こんな不審な格好を俺がしていなければ、そもそもこうはならなかった。

セレンたちが俺の顔を見て、行方不明中のロイドと結び付けられるとは考えにくいが、どのみち、帝都に着き次第、仮面をつけなくてはならない。その方が、よほど不審に思われるだろう。

「今日も、よろしくね」

「あぁ……勿論だ」

杖を収納魔法で取り出す。

探知魔法は常時発動しておかないと……。

「ん？」

探知魔法の発動と同時に獣人の気配を感じ取った俺は、足を止めた。

人数は四人。それと……これは馬だろうか？

周囲にはモンスターの気配も複数感じ取れた。

馬車での移動中にモンスターに襲われ、困っているといったところだろう。

そこまで敵の気配は強くないが、俺一人では手こずるレベルのモンスターだ。マーリンにも聞いたが、白魔導師の攻撃手段は多くない。魔力を飛ばす、ユイのやっていたような芸当ならば可能だが、普通に魔法を使うのに比べ、かなり魔力量の消費が激しい。

魔杖で殴る、というのも一つの手だが……。

強化魔法込みで全力でフルスイングなんてしたら、体勢を崩し、その隙に他のモンスターの攻撃を喰らいかねない。俺はそういう近接の戦闘のセンスに長けているわけでも、また慣れているわけでもない。余談だが、剣士であるユイは他の職業の人に比べ、剣の扱いに慣れるのも、上達するのも早かったそうだ。

「どうしたものか……」

「ナナシ、どうかしたの？」

「少し離れたところで獣人がモンスターに襲われている。数は十五体。トリプトカウじゃなさそうだな。それよりかは少し強そうだ」

もし、今同行しているのがユイであれば、彼女は迷うことなく助けに行く選択をしただろう。ダッガスたちも、それに賛成したはずだ。しかし、それはユイたちにそれを確実に成すだけの実力があり、その上ユイには人の数倍の人助けの精神があったからで、一介の冒険者がすぐにその選択をするかというと、そういうわけではない。

「襲われてるったって……俺たちにどうにかできるとは」

デイルは助けには行けないといった様子だが、この反応はおかしくはない。見ず知らずの他人のために、危険を被る。むしろ、その方が異常とも言えなくはない。

シルトも助けることには否定的な様子だ。

「私は……」

残るセレンだが悩んだ末、二人の決断を見て、助けないという苦渋の決断を下した。

「そうか……」

であれば仕方あるまい。

「分かった。ちょっと待ってくれないか？」

「えっ、待つってどこに行くつもり!?」

「まぁ、襲われてる獣人のところに……」

「おいおい、正気か……って、いや、ナナシなら」

俺なら何なのか、是非とも聞きたいところだが、デイルの言うように俺も迷いはした。俺がここを抜ければ帝都到着に遅れが生じるし、もし俺のみに何かあった場合は回復手段をデイルたちは失うことになる。そうなればこの先、苦戦を強いられるかもしれない。

俺を止めたいはず。

「確かに危険はあるが、そこまでじゃないし」

「いやいや、トリプトカウより強いんだろ。そんなのどうやって……」

正面から向かえば、まぁ……勝ち目はないに等しいだろう。

だが、頭を使えば存外、救出は不可能でもない。

戦わないのなら、俺一人でも可能だ。

「悪いが、少し待っていてくれ」

「おい！　ナナシ！」

俺は叫ぶデイルを置き去りにし、獣人の元へと走った。

「さてと……」

まずはモンスターの注意を逸らしたい。

身体強化・身《フィジカル》を発動させ、自身の身体能力を上昇させる。これを発動していれば魔力を消費はするが疲労しにくくなるし、感覚強化もされており、敵の攻撃に反応しやすくなる。

まぁ、これを使ったとてユイやダッガスに俺が喧嘩で勝つことはできないだろうが……。

「羨ましいな、戦闘系の人間は……」

とは言え、そんな愚痴をいくら吐こうとも戦えないという事実は変わらない。

少なくとも今すぐには……。

「さてと、それじゃ……」

俺は魔杖アスタルテを取り出した。

セレンたちの気配はない。

見られていないな。

「それじゃ、魔杖の本領を発揮するか」

ま、戦いすらしないんだが。


…………

……

…


よし、俺の使った魔法が功を成しているらしく、モンスターの気はそっちに向いているようだ。

流石は聖剣と同程度の魔杖。

マーリンにあの規模のダンジョン産のアイテムにしては弱すぎると言われ、改めて色々と試してみたが……マーリンの言う通り、それは魔杖の基本性能でしかなかった。

真価はその先にある。

使っている間、魔杖を使えないのが唯一の欠点か。

そのため俺は今、マーリンから貰った方の杖を使用しているが、獣人を助けに行く以上、どのみち魔杖は使えない。

「あれか……」

横転した馬車に怪我をした獣人四人。

馬も含め、怪我の程度は軽いものだ。

馬車も修理できる範疇の破損だ。

急にモンスターたちがその場を去っていったことに困惑している様子だ。

ぽかんと間抜けな表情で腰を抜かしている。

かなり近づいたことでやっと俺の存在に気が付いたらしい。

「あ、あなたは……」

胡散臭い髭に、ぽっちゃりとした体形の中年の獣人が問い掛ける。

「通りすがりの冒険者……ナナシだ」

「冒険者……」

「あんまりここに長居するのはおすすめしない。モンスターが戻ってくるぞ」

「奴らが、戻ってくるのですか？」

「あぁ、一時的に気を引いただけだ」

モンスターを倒したわけじゃない。

すぐに戻ってくる。

早くここから逃がさなくてはならない。

獣人四人は怪我をしているが、軽傷。

「とりあえず、回復魔法と強化魔法を使う。強化魔法はしばらく持続するようにしておくから、回復したら横転した馬車を直して、早くここから立ち去るんだ。できるか？」

「は、はい……」

俺は獣人四人、そして馬を回復させ、強化魔法を使った。

戦うわけじゃないので今回は身体強化オンリーだが、横転した馬車を直し、こぼれた荷物を積むくらいはできるはずだ。

俺は横転した馬車を四人が立て直すのを確認し、その場を去ろうとした。

「ま、待ってください！」

中年の獣人に呼び止められ、俺は振り返る。

「先に言っておくが、同行させてくれっていうのは無理だぞ」

デイルたちに迷惑をかけるわけにはいかないし、間違いなく戦闘の邪魔になる。少なくとも、俺に同行を許可する権利はない。

「いえ、そうではなく、これを……」

そう言い、男は封筒を差し出した。

手に取ってみると、それはかなり軽かった。中身は数枚の紙、といったところか。

「この封筒は？」

「申し遅れましたが、私はラオール商会の者です。商品を運んでいたところ、モンスターに襲われ……」

「悪いが、時間が……」

　感謝してくれているところで悪いが、時間がない。

「そうですね。これは感謝状です。どこのでもいいのでラオール商会に行き、これを渡していただければ、恩賞が貰えるはずです」

「そ、そうか……ありがとな」

　面倒事、になる予感がするな……。

　感謝状を受け取りはするが、これを商会に持っていくかは要検討だな。

「ありがとな」

「いえ、こちらこそ」

　そう言い、獣人は深々と頭を下げる。

　よし。

　それじゃ、魔杖を回収してデイルたちの元へと戻るとするか。

「ナナシ！」

　遠くから俺を見つけたセレンがこちらへと駆け寄ってくる。

「怪我は？」

「大丈夫だ」

何せ、俺は戦ってすらないのだから。

「悪い。心配かけたな」

デイルが俺の全身を一瞥する。

「本当にいたのか？　襲われていた獣人ってのは？」

デイルが疑いの視線を向けてくるが、そう思う気持ちも分かる。

そうだ。ちょうどいい証拠があったな。

「一応これ」

「これって、えっ？　ラオール商会の⁉」

「らしいな」

「らしいなって……本当に凄いことなんだぞ」

デイルが呆れた様子で言い、シルトとセレンが頷く。

「ナナシって、本当に凄いね」

「別に、そうでもない」

謙遜ではない。これは紛れもない俺の本心だ。

確かに俺は彼らを救いこそしたが、戦ってすらいない。利巧と言えば聞こえはいいが、ユイたちならもっと格好良く救い出したことだろう。モンスターを倒しさえしていれば、わざわざ彼らの逃走を急かす必要もなかったしな。

「いや、凄いよ、本当に……」

何故か、セレンは表情を曇らせる。

「セレン？」

「ううん、なんでもない！」

俺が心配し問い掛けると、まるで先程までの表情が嘘だったかのように、ぱっと明るい表情へと変わった。

「そうか？」

「うん」

なら、いいんだが。

冷たいようだが、セレンとはこの依頼以降、関わることはない。よって、下手にセレンの心情に踏み入るつもりはない。特に、ネガティブな部分には。

「それじゃ、依頼を再開するか！　ナナシ、問題はないか？」

探知魔法で気配を探る。

ラオール商会の獣人たちは無事、逃げられたようだ。

「あぁ、問題ない」

再び、帝都までの旅路についた。

周囲を警戒しながら森の中を歩く。

「ナナシって凄いんだね。私は緊張しまくりなのに、平然としてるし。支援職なのに、戦闘手段も持ち合わせているなんて」

急な称賛に、どう言葉を返すか一瞬迷う。

「別に、そうでもない。上には上がいる」

「それはそうかもだけどさ……」

単に称賛したいがために、そんなことを言ってきたわけではないらしい。

「どうかしたのか？」

「質問なんだけど。そんな凄いナナシから見て、私にはＳランク冒険者を目指せる見込みはあると思う？」

Ｓランク冒険者を目指せる見込みがあるか、か。

「そう言われてもだな……」

同じ系統の職業であるシリカと比べ、セレンは遥かに弱い。使える魔法のレベルも魔力量もシリカには遠く及ばない。

しかし、見込みの有無と聞かれれば、それは難しい問いだ。

返答に困っている俺を見て、セレンは「そっか……」と言い、問いを変える。

「私が、Ｓランク冒険者になりたいって言ったの覚えてる？」

「あぁ……覚えてる」

「私の夢は、英雄になること。かっこよく、人々を救う冒険者になりたい」

どうやら、セレンの目標はユイの行動理念に近いものらしい。

人を助けたい、か。

「そういうのって、冒険者より帝国の兵士じゃないのか？」

「そうなんだけど……国の兵士は、受ける仕事を選べないじゃん。そりゃ、五隊長とかは多少は自由が利くだろうけど、それでも身勝手なことはできない。私は私で助ける相手を選びたい」

　国に雇われる兵士となれば、確かに自由が利かない。

　救う相手は選べない。

　それに、隊長格ならまだしも、平の兵士となればなおさら自由は利かないことだろう。

　それにしても英雄か……。

「英雄っていうのは？」

「私が目指すのは大賢者マーリンや王国の英雄ロイドみたいな冒険者なの」

「そ、そう、なのか……」

　自分の名前が挙がったことに驚くが、それを何とか顔に出さないよう抑えた。

「大賢者マーリンは当時、各国から何度も冒険者をやめ、国の戦士になるよう勧誘を受けてきたらしい。莫大な報酬と地位を引き換えにね。でも、大賢者マーリンは誰の下にもつかず、当時の勇者や各国最強の戦士ですらできないことをやってのけ、魔王すらをも倒して見せた」

「そうらしいな」

　ユイからしょっちゅう話を聞いているため、俺も大賢者についてはそこそこ詳しくなっていた。

大賢者マーリンは人知を超えた魔法の使い手であり、実力、功績において歴史上でも彼女と並ぶ者は多くないとまで評価されている。

そんな人と名前を並べられる俺の内心はと言うと、決して良いものではなかった。

はっきり言って比較の対象外だ。歴史に名を残す必要もないし、期待されるのは、もううんざりだ。

しかし、そんな俺の内心などお構いなしに、セレンは話を進める。

「王国の英雄ロイドも、支援職でありながら前線に立ち、街を救ったり、ダンジョンを攻略したり……森で偶然遭遇した魔王軍四天王を、セリオンと共に退けたって話もある」

偶然か。

クレアを狙っての襲撃なため、決して偶然ではないのだが、そういう風に話は広まっているらしい。王国でも、そういう風に話は広まっている。

あんなのは、セリオン頼りの功績であって、俺の功績とは言い難いが……。

「そういえば、そのロイドって死亡説が濃厚らしいな」

俺自身の話なんて通常であれば聞きたくはないが、俺について詳しいらしいので情報を集めるため、ロイドの話を深掘りさせる。

「セレンもやっぱり死亡説を信じてるのか？」

「信じたくはないけど、信じつつあるかな」

「なんでそう思うんだ？」

「いくら凄腕でも、支援職は一人じゃ強敵とは戦えない。仲間がいて、初めて真価を発揮できる職業だから。これだけは、どうしようもないから」

なるほど。

それで死亡説が想像より濃厚だったわけだ。

まぁ実際に、俺一人じゃ強いモンスターは倒せない。

頭を使えば多少は太刀打ちできるかもしれないが、基本はそんなもんだ。

「はぁ……やっぱり、私じゃ英雄なんて無理なのかなぁ」

「これからじゃないか？」

「でもね、ほら。その王国の英雄のパーティーメンバーなんて、全員が若くしてSランク冒険者になったって話だし。そりゃ、そういうのがレアっていうのは分かってるけど」

ユイたちと比較しても仕方がない、そう危うく言いそうになるが、そんな言葉をかければ、それはまるで俺がユイたちを知っているかのようになってしまう。接点があるかのような発言は極力避けねば……。

「ちなみに、デイルとシルトもそういう冒険者を目指しているのか？」

「まぁ、一応はな。でも、俺はそこまでってわけじゃない」

「……俺も」

Sランク冒険者は目指しているものの、セレンとはかなりの温度差が感じられた。

「まったく、二人は夢がないなぁ」

「夢ね……俺も気持ちは分かるが、獣人のＳランク冒険者に凄腕の槍使いがいてな。そいつが闘技場で戦う姿を見て思い知った。こんなにも差があるんだって」

「そんなに凄かったのか？」

「あぁ、相手はＡランクの冒険者で、魔術師だったんだけどな。そいつは槍一本で、飛んでくる魔法をすべて相殺し、最終的に相手の杖を粉砕することで勝利を収めたんだ。相手も自分も無傷で、しかも相手の手の内をすべて封じた上での圧勝だった」

　感覚が麻痺しつつあるが、ＳランクとＡランクの間には、それほどの差がある。

　Ｃランクのデイルから見れば、その差は絶対に覆しがたい、圧倒的なものに感じられたのだろう。

「それ以降ちょっとな。そうだ。ナナシも一度、闘技場へ見に行ったらどうだ？　結構楽しいぞ」

「闘技場か。興味はあるな」

「面白いぞ。モンスターと冒険者の、縛りありの戦闘なんてのもあるが、やっぱり、なんでもありの人対人のタイマンがおすすめだ」

「それは、誰でも出られるのか？」

「人対人なら、よくトーナメント戦が行われているが、あれは特に制限はなかったはずだ。支援職、回復職が出てくることはないが……」

そりゃそうだ。出たところで、勝ち上がるのは困難を極めることだろう。

初戦敗退もあり得る。というか、その可能性が一番高い。

「帝都に行ったら、見に行ってみようかな」

「色んなところが大会を主催するが、主催者によって内容は大きく異なる。どこが主催する大会が人気で面白いか、着いたら教えてやろうか？」

「時間があれば、その時はお願いする」

こうして、普通に会話してくれているあたり、ある程度警戒を解いてくれたのだと、解釈しても良いだろう。

帝都の闘技場。いったい、どれほどのレベルの猛者が集まるのか。

デイルによれば、帝国主催の場合、五隊長が出場することも稀にあるらしい。優勝賞品が国宝級の豪華なものの場合には、五隊長が出てくるそうだ。大会を盛り上げ、観客を増やすため、そしてそう簡単には渡さないために、出場させるのだろう。そうなれば、必然的に出場者のレベルが上がり、大会も白熱したものとなる。もっとも、そんな規模の大会は数年に一度の周期でしか、開催されないらしいが……。

五隊長か。セリオンやイレーナに勝るほどではないかもしれないが、帝国屈指の強者。

是非とも見てみたい。

「デイルたちは五隊長を見たことは？」

「拳将が戦っているのを一度だけな。拳将が新たに隊長になったばかりの頃に、その実力を帝国民に示すために大会に出場させたことがあるが……強かったな。Sランク冒険者も何人か出ていたが、優勝したのは拳将だった」

「拳将が強いのは分かったが、それは出場者から苦情とか来ないのか？」

「元々告知はしていたし、出場者も承知の上で参加していたから、苦情はなかったらしい。それに、拳将との決闘を目的に出場している人が多かったそうだ」

「随分と、武闘派なんだな」

「五隊長と戦う機会なんてそうそうないから、腕に自信のある奴はこぞって参加したそうだぞ」

　Sランク冒険者を凌駕する獣人が五人。

　そこにセリオンとイレーナが加わるのだから、クレアにとって帝都以上に安全な場所はないだろう。

　身内に裏切り者がいない限り、だが。

　クレアの魔法には、国すら亡ぼす力がある。クレアはいまだ、その力を完全に使いこなすことはできないそうだが……。

　すでに魔王軍では、モンスターを思うがまま操るほどにまで、クレアの力を引き出す技術を確立しているのだ。

　もし、大陸中の危険生物が敵に回れば、魔王が手を下すまでもなく三大国は滅びゆくかもしれない。

クレアも大変だな……。

「ナナシ？」

「ん？」

「いや、なんか上の空って感じで、ボーっとしてたからどうかしたのかなって」

「なんでもない」

下手にクレアの話なんて持ち出したら、ボロが出かねない。

思い出にふけるのはあとだ。

「なんか、だいぶ話それちゃったね」

「英雄になりたいって話だったな」

「なんか、人から言われると恥ずかしいんだけど」

セレンが恥ずかしそうに下を向いた。

「ステラみたく、才能はないけどさ。いつか、絶対Sランク冒険者になってみせる」

極めて難しい目標であることは間違いないが、誰一人としてそれを笑うことはなかった。

「いつか、ステラが困っている時に横で戦えるくらいに……私は強くなる」

この先、セレンにどんな未来が待っているのかは、誰にも分からない。

勝手に周囲の人間に持ち上げられて、Sランク冒険者になり、英雄という重たすぎる邪魔な称号を背負わされる人間もいるのだ。

セレンの目標は困難なものであっても、決して不可能な挑戦ではない。

「応援しているぞ」

俺は自分の境遇を踏まえ、そう言葉を送った。

◇

帝都到着後、俺たちは依頼達成の報告をするため、商会の倉庫へと向かった。

商会はラオール商会というらしく、リオロ＝ラオールという人が会長を務めているらしい。詳しくは知らないが、帝国内で今、最も勢いのある商会だそうだ。

ここはその商会の倉庫なのだが、商会は他にも様々な冒険者に依頼を出しているらしく、多くの冒険者の姿が見える。有名なSランク冒険者もいるらしく、セレンたちがその度に解説してくれた。

そんな中でも、やはり仮面を被った人間というのは珍しいらしく、俺は注目を集めていた。早くこの姿を何とかしたいが……。

生存報告のことを思い浮かべると、まだ仮面の方がマシに思えてしまう。

「しかし、人が多いな」

「ラオール商会は、素材の売買もやってるから。ここで素材を渡し、報酬を受け取る。あとは、依頼達成の証明書を冒険者ギルドに提出したら終わりね」

「そうか……」

周囲を見ると、どの冒険者もモンスターの死体を担いでいる。素材の引き渡しのためなのだろうが、やはり、収納魔法は一般に広くは知られていないらしい。

そのせいか、ここは少し生臭い。

早くここから出たいな。

受付へと向かい、依頼達成の報告をしたいとの旨を伝えると、不審そうにしながらも、報告所へと通してくれた。

報告所で、職員の一人に声をかける。

「依頼達成の報告と、素材の受け渡しをしたい」

「えーと、その、素材が見当たらないのですが……」

「あぁ、それなら」

狩ってきたトリプトカウ、四十五体の死体を取り出し、地面へと放り出す。

「こここ、これは？」

「狩ってきたトリプトカウだ」

目安は三、四匹だったが、目安を大幅に超えても問題ない、とセレンは言っていた。というのも、この目安はあくまでも一冒険者パーティーの戦力から考えられた期待値であって、制限ではないそうだ。

それにしても、やりすぎてしまった気はするが……。

「やっぱり、多すぎたか？」

「いえ、そんなこともないんですが……それより、どこから……」

「そういう魔法だ」

「そ、そうですか……」

詳しく説明する必要はないだろう。これらの質に問題がないことは、調べればすぐに分かることだ。

「その、少しお待ちください！」

職員は急ぎ、どこかへと小走りで消えていった。

「なんか、不味かったか……」

「そりゃそうでしょ、ナナシ。こんなのランクＤやＣの冒険者の成せることじゃない」

「そう、なのか」

「当たり前でしょ……」

呆れた様子のセレンは、ユイたちと初めて出会ってすぐの頃を連想させる。

懐かしいな。

思い出にふけりながら待つこと数分、職員が息を切らせながら戻ってきた。

まさか、商会本社まで走ったのだろうか。

「その、会長がお会いしたいとのことです」

「会長が？」

どうやら、本当に会長の元まで向かったらしい。

職員の話に、デイルたちは少し考えたあと、

「俺は別に構わないが……」

「私も」

「……俺もだ」

デイルたち三人は会長の呼び出しに承諾したが……

「悪い。俺は断る」

俺は迷わずそう答えた。

面倒事は御免だ。お金だけもらえれば十分だし、最悪、もらえずとも構わない。

俺の目的地である帝都へは到着を果たした。

「なら、ここでお別れか……」

「そうだな」

セレンが何か言おうとしていたため、俺はほんの少し待ってみたが、それを言葉にすることはなかった。

それから、素材を見てもらい報酬を受け取った。

デイルたちはこの職員に本社へと案内されるため、ここでお別れとなる。

さて。ここからはユイたちの動向を探り、どう謝るかを考えないと……。

「ナナシ！」

歩き出してすぐにデイルたちに呼び止められ、振り返る。

「ありがとな、世話になった」

「本当に、色々とありがとね」

「……俺も」

三人が揃って、頭を下げる。

「お互い様だ」

その後、俺は商会を後にしようとし……。


〝懐かしい人影を見つけた〟


思わず、出そうになった声を何とか引っ込める。

なんて言われるか怖い、というのもそうだが、それ以上にユイたちの他に一人、見覚えのない緑髪の獣人がいたからだ。

あれは誰だ？

楽しそうに話していること、そしてこの商会に来ていることから、俺はある答えに辿りついた。

そうか。

あの獣人が新しいパーティーメンバー、か。

楽し気な雰囲気から、俺なんかがいなくともうまく回っていることを察する。

どうやら、もう俺の居場所はないらしい。

仮にユイたちが俺をもう一度迎え入れてくれたとて、あの獣人は俺のことを良く思わないかもしれないし、第一、護送という重大な依頼を無断ですっぽかしていたような人間を、受け入れてもらえるだろうか？

それを聞くことすら、俺にはできなかった。

「…………」

一瞬、ユイと目が合ったような気もするが、俺はなるべく違和感のないよう視線を逸らした。

そのまま、俺は何も言わず、足早にその場を去った。

◇

ラオール商会。会長、リオロ＝ラオールには悩みがあった。

帝都を拠点に商会を創立して早三年。急速に発展できたのは、リオロの職業が関係していた。リオロの職業は鑑定士、戦闘こそできないが、ものを見極める目は一級品だ。

そしてそれは、たとえ相手が人であろうと変わらない。

その人の秘める価値すらも、リオロには見えてしまう。

リオロは今、商会専属の戦闘員を集めていた。才能のある冒険者の引き抜き。しかし、冒険者には自由を好む人間が多いこともあり、完全な引き抜きは難航していた。高ランクの冒険者となればなおさらだ。こんな商会の社員にならずとも、大金を稼ぐ力がある。そこで考えたのが、才能はあるが開花していない、低ランクの冒険者を引き抜き、サポートすることで最終的に強く、信頼の置ける戦闘員へとするという手法だ。

元々、リオロが戦闘員を雇いたい理由は、自身のボディーガードや冒険者ギルドには依頼を出しにくい企業案件的な仕事を任せられる人材の確保だ。信用という面から考えても、一から育てるというのは悪くない。

そんなわけで、職員には低ランクだが、才能の感じられる冒険者がいた際には報告をするよう義務づけていた。

そして先程、たった数日でトリプトカウを四十五匹も狩り、どういうわけかそれを一括で運んできたという冒険者パーティーの情報が入ってきた。

報告してきた職員には連れてくるよう指示を出し、リオロはその冒険者たちと会える時を待っていた。一人は帰ってしまったらしいが、それは諦めるしかあるまい。

（どんな冒険者なのだろうか……）

それからすぐに扉が開き、三人の冒険者が入室した。

早速、リオロは鑑定の魔法を小声で唱え、その価値を見定める。

（あの青髪の女性は……伸びしろで言えばA以上はある！　槍使いは最高でもB、盾持ちもBが限界か……しかし、現段階でトリプトカウを四十五匹狩るほどの力があるとは思えん……どういうことだ？）

失礼のないようにもてなしながら、リオロは疑問の答えを探す。

「今回の依頼、トリプトカウを四十五匹も狩ったとの報告ですが、いったいどのようにして狩られたのか、教えていただけますか？」

丁寧な口調で、かつ不快感を与えないよう自然に探りを入れる。

「それは、同行してきた臨時のメンバーだった、ナナシという人間のお陰です」

「人間ですか？」

「はい」

迷わず答えるデイルからは、いかにそのナナシという人間の功績が大きいのかを感じられた。

「職業は？」

「白魔導師、支援職です」

「白魔導師……」

たかが支援職一人でそんなにも変わるものか……という疑問は、ある人物の存在により一瞬で払拭される。

（そういえばいたな……王国の英雄ロイド。聖剣に勝るとも劣らない魔杖を扱い、多くの功績を持つ白魔導師。死んだという話を聞くが……）

白魔導師一人が、パーティーに大きな影響を与えることを、ロイドという人間は証明していた。

「そのナナシ、という人間には連絡が取れますか？」

「いや、それは難しいです……俺たちは彼が今どこに向かったかも知りません」

「……そうですか。それは残念です」

それから、依頼のことを聞くと度々、ナナシという人物の名前とその凄さが垣間見える話が出てきた。

リオロにとって、諦め難い人材という認識へと変わる。

（かなりの実力を持った新人の可能性が高い。職員には見つけ次第報告するよう、命じておくか……）

それは後々考えるとして今は彼らをどうするか、リオロは考える。

セレンという人材は、絶対に確保したい。今後を考えれば、逸材だ。デイルとシルトは、正直微妙だが……。

育てる価値はある。それに、ナナシという人物を知る彼らとつながりを持っておきたいという狙いもあった。

「一つ提案なのですが、今後私がキミたちの活動を支援する代わりに、数年後……ランクを上げたあと、私の元で専属の冒険者として働きませんか？　勿論、報酬は実力相応の、いやそれ以上の額を保証します」

「……え？」

「キミたちには、才能があります。それを見込んでの提案です」

その問い掛けにデイルたちは困惑するも、悩み、考え、各々が答えを出すのだった。


…………

……

…


三人を見送ったあと、部屋に入ってきた秘書にリオロは指示を出した。

「仮面の冒険者、ナナシか」

「先日、商会の馬車を救った方も、そのナナシという方だそうです」

「そうか」

顎に手を当て、考える会長。

長考の末、会長は結論を出す。

「ナナシ、という仮面を被った白魔導師を探して欲しい。職員の手が空いてないようであれば、バイトでも雇って探してくれ」

「そうなると、様々な予定を変更……」

「構わない。それほど重大な要件なのだ。あと、かなりの実力者である可能性が高い。念のため、彼女にも連絡を入れておいてくれ」

「承知いたしました」

デイルたちから聞いたところ、ナナシという人材は高度な支援魔法のみならず、大規模な探知魔法や空を飛ぶことすら可能とする天才的な白魔導師だそうだ。直接的な戦闘力はなくとも、その力は驚異的であり、この目で見るまでもなく、雇う価値は十分にあると予想される。

「絶対に見つけ出し、雇ってやる……」

まさか自分の偽りの姿の冒険者が、帝国一勢いのある商会に目をつけられているとは、この時のロイドには知る由もなかった……。

第五話

白魔導師、手荒な誘いを受ける

◇

ユイたちと偶然出くわした翌朝、俺はこれといった目的もなく、宿を後にした。

ただ、狭い部屋にひきこもってじっと考え事をしていると、変にネガティブな方向へと考えてしまう。

というわけで、重い身体を起こし外へと出てみたのだが……。

気晴らしに何かしようと外に出たものの、何もいい案は思い浮かばず、ただ時間を浪費していく。

仮面をつけているため、人の目を多少集めてはいるが、今はそんなことは気になりすらしなかった。

帝都は広い。歩いていれば、気分転換になるようなものと出会えるかもしれないという、甘い目算で、足を進める。

その結果、宿を出て三時間ほどが経ち、太陽が最も高い位置に上がりそうな時間帯に差し迫った……その時だ。

見覚えのある顔を見つける。

向こうも俺の存在に気が付き、駆け寄ってくる。

「ナナシ、昨日ぶり！」

「まさか、こんなにもすぐに再会するとはな」

そこにいたのは、昨日まで同じパーティーとして、短期間ではあるが一緒に行動していたセレンだった。

近くにデイルとシルトの姿は見えない。依頼が終わってすぐだし、休みを満喫しているといったところか。

「昨日、たんまりとお金が入ったから、ちょっとショッピングでもしようと思って。ナナシは何してたの？」

「俺は……まぁ、散歩かな」

「観光ね……そっか、ナナシって帝都は初めてだもんね」

「あぁ、だから少し見て回ろうと」

「そうだ、ナナシが良ければ私が帝都を案内するけど？」

「いいのか？」

「うん、私もこれといった目的はなかったし」

セレンも暇していたとのことで、俺はその言葉に甘えることにした。

「デイルとシルトは元気そうか？」

「あー、たぶん、そうかな……」

曖昧《あいまい》な返答に、疑問を覚える。

「何かあったのか？」

「うん、昨日ちょっとね。ラオール商会から提案を受けて……」

「提案？」

「そ、冒険者としての活動を援助するから、後々ラオール商会の専属の冒険者にならないかって」

確かに、自らで冒険者を育て、高ランク冒険者になり次第、専属の冒険者になるよう契約するメリットは大きい。冒険者は、宿、武具、情報を容易に手に入れることができ、商会も自分たちの依頼を率先して受けさせることが可能になる。また、商会に有力な冒険者が付いているとなれば、盗賊なども報復を恐れ、馬車を襲っての強奪をしにくくなるし、同業者も下手に妨害工作などをしにくくなる。

場合によっては宣伝効果まで期待できる。

「セレンたちはその提案に乗ったのか？」

「私以外はその場でね。私は今のところはいいかなって。だからちょっとややこしいことになってるんだけどね……ま、気分転換にこうしてショッピングしてたら、ナナシを見かけたってわけ」

「それじゃ、俺と同じか……」

　商会から援助を受ける冒険者とそうでない冒険者が同じパーティーで行動するのは難しい。武具による差、また、依頼達成に関わる情報はどうしても共有されてしまい、セレンは商会と契約していないにもかかわらず、援助を少し受けることとなってしまうという問題。

　パーティー解散の危機、とも言える。

「ん？　何か言った？」

「いや、なんでも。セレンはなんで、提案を断ったんだ？」

　必ずしも悪い提案ではないはずだ。

「うーん……なんか違うんだよね。冒険者としてこれから何を成したいか、どんな冒険者になりたいのか、そういう自分の進む道は自分で決めたい……っていうのが、大きな理由かな」

　契約を結べば、以後は将来を期待される商会の元で働ける。

そうなれば将来は安泰、そこらの冒険者よりもお金持ちになれる。

現実的で大人な選択、と言えるのかもしれない。

「そういえば、セレンは英雄になりたいんだったな」

「やっぱ、人に言われるとハズイ……でも、まぁ、そうね」

　セレンの考えからはやはり、ユイの思考に似たものが感じられる。

ユイでも、こういった類の提案は断るはずだ。

「いずれ、本当に英雄になるのかもな」

隣を歩くセレンにすらはっきりは聞き取れないほど小さな声で俺はそう呟いた。

それからしばらく、帝都の観光名所や有名店の情報を聞きながら歩いた。

「えーとね、この近くにおすすめのレストランが……」

セレンがそう言い、視線を向けた先にあった光景に、俺は違和感を覚えた。

騒がしいな。

どこかの職員と思われる獣人数人が、街ゆく人に何かを尋ねている。

何をしているのか……。

そう考えていると何故か、職員の一人と目が合い、その後他の職員に何かを告げた。

何を告げたかは知らないが、数人の獣人がこちらへと近づいてくる。

これは、まさか。

嫌な予想が脳裏を過る。

「セレン」

「何？　どうかしたの？」

「ちょっと、付き合ってくれないか？」

「えっ、いいけど」

職員の来る方向と、真逆の方向……つまりは来た道を急ぎ足で引き返す。

彼らの標的が本当に俺なのか……確認するためあえて右の道へと曲がると、彼らもそれを見てか、右へと曲がった。

間違いない。後をつけられている。

セレンも獣人たちのあからさまな尾行に気付いたらしい。俺の意図を汲んで、何も問わずに足早に後ろをついてきてくれていた。

「何者なんだ……」

彼らの顔に見覚えはない。

しかし、セレンは何か彼らについて知っているらしく、思い出そうと頭を働かせ、記憶を遡《さかのぼ》っていた。

「どっかで見たことある気が……あっ！」

「何か知っているのか？」

「うん。あの中の一人を昨日、ラオール商会で見かけた」

セレンの記憶が確かなのであれば、彼らはラオール商会の職員と考えるのが妥当か。

だとすれば、彼らの目的は何なのか考えるも、すぐには思いつかない。

依頼で何らかの不備があったとも考えにくい。

「何なんだ？　あいつら」

「たぶん、勧誘じゃないかな……」

「勧誘って……セレンがされたっていうやつか？」

それが当たっているとすれば、最悪、面倒なことになりかねない。

正体を悟られるわけにはいかないのだ。

それ以前に、セレンの推測が当たっているとは思えなかった。

「何もこんな不審者、勧誘することないだろ」

「いやー、十分にあると思うんだけどなぁ」

何にせよ、このままでは注目を浴びてしまう。それは、今の俺にとっては決して好ましいことではない。

「セレン、次の道を曲がったら、加速するぞ」

「加速って、走るの？」

「強化魔法も使う。とにかく、あいつらと距離を取って身を隠す……って、そうか。別に、セレンが付いてくる必要はないか……」

今更だが追われているのはおそらく俺だ。

セレンまで逃げる必要はない。

「セレン、観光はまた次の機会に……」

「いや……なんか面白そうだし、私も付き合うよ」

「いや、面白そうって……」

そんな理由で巻き込めない。そうセレンの同行を拒否しようとする。

「でも、私がいた方がいいと思うなぁ。少なくともナナシよりは、帝都に詳しいし」

「それは、確かにな」

ある程度帝都を把握している人がいてくれた方が、逃走はしやすい。

土地勘がない上に、逃亡する際、避けなくてはならない場所もある。例えば冒険者ギルドだ。商会に関係のある建物もそうだ。

しかし、

「いいのか？　こんな不審者に協力して」

「不審者なのは間違いないけど、悪い不審者じゃないのも確かだし。それに……」

「それに？」

「ううん、なんでもない。私が手を貸したいって思うから手を貸すだけ」

「そ、そうか……」

セレンにも何らかの目的があっての申し出のようだが、追及はしなかった。

追及する時間もないしな。

十数秒後、追手の職員が息を切らせながらやってくる。周囲をキョロキョロと見回し、俺の姿を探す。

「くそ、見失った！」

「く、何がなんでも見つけ、会長の元へと連れて行くのよ！　達成した班は昇格。こんなチャンス、逃してたまるかっての！」

追手の獣人が走り去っていくのを確認し、俺はセレンを抱えながら、屋根から飛び降りた。

いや、正確に言えば若干浮遊しながら屋根の上で身を隠し、そのまま着地したのだから、飛び降りた、という表現は不適切かもしれないが。流石に、人の家の屋根に飛び乗るのは常識的に良くないだろうし、音を立てないという点でも飛行した方が良いだろう。

「物騒だな……」

昇格を目の前にぶら下げられた職員の気迫は相当なもので、その瞳には殺気すら感じられた。

「にしても、ここまでして俺を追う理由が分からない」

「うーん、私は会長の考えがちょっと分かるかも」

「そうか？　俺にはまったく、理解できないんだが」

会長の考えも気にはなるところだが、それよりまず、この先どうするか。

国の兵士でもなければ、冒険者でもない追手から逃げるのは容易い。実際、強化魔法を使用していたとは言え、彼らは俺たちに追い付くことはおろか、少し走っただけで息を切らせていたほどだ。

あくまでも商会の一般職員であって訓練も、実戦経験も積んではいない。

強いて言えば、街中での追いかけっこは注目を集めてしまうことが問題だ。

「うーん……」

「ねぇねぇ、冒険者ギルドで適当に依頼を受けて、街の外に出るっていうのは？　薬草採集なんかなら周辺の地図も言えば貰えるし、お小遣い稼ぎにもなるじゃん」

「……呑気な提案だな」

だが、確かに薬草採集なら、俺とセレンでも受けられるし、冒険者ギルドなら、どこが危険かを記した地図も入手可能だろう。それを見て川や渓谷などの場所が分かれば、飛べる俺に分がある。わざわざこの状況下で依頼を受ける必要があるのかは怪しいが、セレンのランク帯の冒険者となれば、報酬も多くはないだろうし、時間を無駄にできない気持ちも理解はできなくはない。

昨日、それなりに稼いだはずだけど……。

戦闘慣れしていない職員が帝都から離れた場所まで追いかけてくるとは考えにくい。いや、あの気迫……追ってこないとも限らないが、会長がそれを許すとは思えない。職員に怪我をさせ、命を危険にさらさせるのを許容するほど、愚かではあるまい。

悪い案ではない、のか？

しかしだ。

「いや、駄目だ」

「なんで？」

「俺は冒険者……となれば、冒険者ギルドに見張りをつけていてもおかしくはないし、俺たちだけで森の中をふらつくのは危ない」

「あっ、確かに……いくらナナシがいても、戦えるのが私だけって、それは流石に無理か」

俺が適当に思い付きで発した言い訳に、納得してくれたセレンを見てほっと胸を撫でおろす。

セレンには言わなかったが、正直なところ、ユイたちと遭遇する可能性が高いというのが最たる理由だ。仮面を被っているとは言え、声、体格、種族、職業など……先日ユイたちに会った時は会話が盛り上がっており、何とかバレずに済んだが、今の俺は目立ちやすい格好。気が付かれてもおかしくない。

新たなパーティーメンバーもいるし、自分の中で考えがまとまるまではユイたちと会うことは避けたい。

逃げ……とも言えなくはないがな。

それに森を歩くことが危険なのも間違いない。俺が言うのもなんだが、セレン一人では心許ない。

「ナナシの実力見たかったなぁ……」

小声で何か呟いているが、今は無視する。

「帝都内で逃げ回る、となると……」

「ねぇ、職員だけなら何とかなるんでしょ？　なら、普通に買い物しててもいいんじゃない？」

「それは流石に……いや」

セレンの意見も一理ある。

追手は所詮商会。俺と接触はできたとて、勝手な理由で追いかけ回している以上、強引な手法は使えないはずだ。もし、強引な手段に出た際、俺が帝国の兵士の元に駆け込み、暴力行為等の証拠でも出てきてしまった日には、商会の評価を大きく下げることにもつながる。

俺に会長と会うことを勧めるのがやっと。昇進に目がくらみ、多少強引なことをしてきたとて、一般人相手なら逃げ切ることは難しくない。

下手に街中を駆けまわって目立つことも避けたかった。

過剰に恐れ、逃げ回る必要はない。

「セレンの言う通り、警戒しすぎだったかもしれないな」

俺はいつのまにか入っていた肩の力を抜く。

別に死ぬわけではないしな。

当然、探知魔法で気配は監視し続けるが……。

「そうだ！　だったら、私行ってみたいお店があるんだけど行ってみない？」

特に目的もなく歩いていたわけだし、予定もない。

気晴らしにはいいかもしれないな。

「そうだな。行ってみるか」

その後、セレンが行ってみたいというお店を何軒か回ることにした。

まずは服屋。王都でもありそうな一般的な服のみならず、帝国ならではの和服も様々なものが陳列されていた。

和服と言えば、帝国出身のリョウエンがよく着ていたな。

フィアとはうまくやっているようだったが……。

ふと、フィアは俺が生きていることを知っているのか、という疑問が頭を過る。リョウエンは知っているようだが、リョウエンについてのことしかマーリンは言っていなかった。フィアについては、別件で触れはしたが、この件では何も聞いていない。

まぁ、マーリン自身がこの現状を予想していなかったみたいだし、仕方がないが。

「一応、お詫びもかねて買っておこうかな」

もし仮に知っていれば、単なるお土産という体で渡せばいいのだ。

「なぁ、知り合いに帝国ならではの和服、ってのを買っていってやりたいんだが、おすすめとかってあったりするか？」

「知り合いって……女？」

「まぁ」

「もしかして、彼女!?」

テンションを上げ、興味津々と言わんばかりの目で尋ねるセレン。

「いや、違う」

「なーんだ」

「何故、そんな残念そうな顔を……」

「ま、それはいいとして。服の……特に和服のプレゼントはおすすめしないかな」

「どうしてだ？」

「正確なサイズが分からないし、好みってあるでしょ？　悪くはないかもしれないけど、それならもっとおすすめのお店があるし！」

「う、確かにな……」

　セレンの言う通りかもしれない。

「ってなわけで、ナナシ自身が着てみるっていうのはどう？」

「俺がか？」

「そ、どう？」

「そう言われてもな」

　俺はセレンに勧められるがまま、結果として和服を試着することとなった。

　試着室のカーテンを閉め、仮面を外す。

「ふぅ……やっぱり、仮面は息苦しいな」

　息がこもるし、視野も狭まる。

　早く仮面を外せる日が来ることを願うばかりだ。色んな意味で、な。

「あの緑の髪の少女……有名な冒険者だったりするのか……だとすれば俺に勝ち目はないし、でなくとも居場所を奪うような真似はしたくないし……ってか、本当に早すぎるだろ」

　愚痴をこぼしながら、和服に着替える。

「……動きにくい」

　おしゃれではあるが、これでは思うように動けない。走るのには不向きだ。

浮遊してしまえば関係はないけど。

「ねぇー、まだ？」

カーテンの向こうからセレンの声が聞こえてくる。

「あぁ、今終わったところだ」

カーテンを開け、下駄に履き替える。

「どうだろうか……」

客観的な評価を求め、セレンに問い掛けた。

「なんだ、隠すほど悪い顔じゃないじゃん！」

「そっちじゃなくて服の感想をだな……って」

……しまった。

セレンに指摘され、自分が仮面をつけていないことに気が付く。

余計なことを考えていたせいか、仮面を外したままであることをすっかり忘れてしまっていた。

慌てて、俺は仮面を手に取り、つける。

幸い、俺がここ最近、失踪で話題になっていたロイドであることには気が付いていないようだ。

「えー、なんで隠すの？」

「色々と事情があるんだ」

「ふーん、まぁ、そりゃそうか」

妙に納得した素振りのセレン。

理由は不明だが、この場では納得してくれたことにひとまず安堵する。

「とにかく、似合っていると思うよ」

「そうか……買ってもいいかもな」

多少値は張るが、あえて帝国っぽい服を着るのも、正体を隠す上では悪くないかもしれない。

購入後、せっかくということで和服を着たまま、帝都観光を行うこととなった。歩きにくいが、走れなくはない。

和装で身を包み、セレンおすすめのお土産を買いに、次の店へと向かう。

「セレンは今後、どうするつもりなんだ？」

「今後か、今は考えたくないな。そういうナナシは？」

「俺も、今は考えたくない」

「なんだ。お互い様じゃん」

帝都の街並みを眺めながら、セレンの隣を歩く。

セレンが積極的に話を振ってくれるため、会話が途切れ気まずい雰囲気になることはなかった。

順調に、目的地へと進んでいる。

良い気分転換になっているし、セレンと会えたのは幸運だった。

そう思った刹那。

背後に気配を感じ、握っていた杖を反射的に振るった。

「おいおい、いきなりなんだ。随分なご挨拶じゃないか」

振り返ると、大柄な紫髪の獣人の女が俺の振るった杖を軽く受け止め、握り締めていた。

その腕力は異常で、こちらがいくら力を入れようとも、素の俺の力ではどうしようもないほどだ。

「勘違いなら謝るが、あんた……俺を狙っていたな」

「さぁ、何のことだ？」

誤魔化す女を俺は睨み続ける。

「……なんて通じねぇか。ま、友達にちょっと頼まれてな。とある男と話がしたいって。そんで、お前さんには悪いが同行してもらうぞ」

この女は、このまま強引に俺を連行するらしい。

杖がメキメキと音を立てる。

まさか、こんな強者を差し向けてくるとは、予想していなかった。会長が強引な手法に出ることも想定外だ。

友達……会長のことで間違いないだろうが、残念ながらそれを紐づける確固たる根拠はない。そもそも、会長の手先であろうがなかろうが、俺は今、帝国の兵士には頼れない状況。

どうしたものか。

とにもかくにも、考える時間が欲しい。

俺は身体強化・身《フィジカル》を発動し、身体能力を大幅に高める。

そして先程以上のパワーで俺は杖を引き抜こうと力を込めた。

「お……」

その瞬間、女の表情にわずかだが変化を感じた。

しかし、

「やるじゃねぇか。支援職って聞いてたが、こりゃどういうこった？」

強化された俺の力をより強い腕力で捻じ伏せる。

ユイやダッガスを超える腕力。

何者なんだ？

「ナナシ、不味い」

セレンが青ざめた表情で言う。

「知ってるのか？」

「うん。Sランク冒険者スミレ……皇帝直々に五隊長に推薦され、それを蹴ったっていうのは有名な話で、他にも色んな武勇伝を持つ……私の知る限り、魔力なしなら帝都で最も強い冒険者」

「嘘だろ……」

強いとは思っていたが、まさかそこまでとは。

「昔の話だ。あの頃は、あいつと張り合うことに夢中だったからなぁ」

思い出にふけっているスミレ。

スミレの注意が少し逸れたことを俺は見逃さなかった。

「思い出に浸っているところ悪いが、捕まりたくはないんで」

俺は杖を手放し、逃げようと背中を見せた。

「おい、逃げるつもりか？」

スミレは杖を投げ捨て、手を伸ばし、俺の首を背後から掴もうとする。

予想通りだ。

タイミング良く俺はしゃがみ、伸ばされた腕を回避しつつ、落下する杖の元へと滑り込む。

スミレは驚くものの、すぐさま体勢を変え、俺へとかかと落としを繰り出す。無駄の少ない洗練された動き……この滑り込む体勢からかかとを避けるのは困難だし、ぎりぎり避けられたとてすぐに追撃を喰らい、ノックアウトされるだろう。

意識を一撃で刈り取るだけのパワーが彼女にはある。そう確信していた。

ならば。

「なっ！」

頭上に迫るかかとを感じながら、俺は何とか杖を掴む。

かかとが落とされた先に俺の姿はなく、ここにきて初めて大きく動揺するスミレ。

「どんな魔法を使った？」

セレンの近くで体勢を立て直す俺に、鋭い眼光を向け、しかし面白そうに口角を上げながら問い掛ける。

「どんな魔法を使った、か」

その質問は、彼女の動体視力が異常であることを物語っていた。

彼女には、俺が単純に蹴りを回避したわけではないことがはっきりと見えていたのだろう。

「だって今の動き、身体能力による単純な回避じゃないだろ？　身体強化でもないよな。俺には消えたように見えたが」

ご明察。まさか、こんなにもあっさり新技を見破られてしまうとは。

「空間転移した。いわゆるテレポートってやつだ」

転移しているのだから、いくら動体視力が優れていようと俺の動きを捉えられるはずがない。おそらくはっきりと消える様子が見えたはずだ。

「転移？　まさかとは思ったが、そんなことが可能なのか？」

「あぁ」

転移魔法を知っているのか、あるいは脅威にはならないと判断したのか、スミレの表情に動揺や驚きは一切見られなかった。

「ふーん……ただ、見たところ移動距離に制限があるってところか？」

内心、大きく動揺するが表には出さないようこらえる。

「どうしてそう思う？」

「でなければ、俺に気が付いた時点でそのままその女を連れて逃げればいい。どこか遠くへとな。違うか？」

「……」

誤魔化しの余地がなかった。スミレの推測通り、俺は辛うじて転移魔法は習得したが、適性がないため、移動距離の制限が厳しすぎた。

ダッガスをも超えるフィジカルに、高い洞察力。戦闘経験も豊富なのか、大きな動揺も俺の視点からは感じられない。単純に俺が脅威として見られていないだけの可能性も十分にあり得るが……。

とにかく、警戒を最大限に強めるべきだ。

仲間の姿は見えないが、潜伏させている可能性も十分に考えられる。少なくとも、近くにこちらを監視、警戒する、不自然な気配はないが、だからといって安心はできない。

「さぁ、大人しくついてきてもらえねぇか？　俺もあんまり娘に迷惑かけるような真似はしたくねぇんだ」

「娘？」

「いや、なんでもねぇ。こっちの話だ」

飛行……は目立つが、こうなってはやむを得まい。

俺はちらりとセレンに目をやった。

セレンを、これ以上巻き込むのは……。

「あー、そーいや、セレンって女もできれば連れて来いって言われてんだ」

「っえ、私？」

名前を呼ばれ、思わず反応してしまうセレン。

その姿を見たスミレは、にやりと笑みを浮かべた。

「あぁ、やっぱりお前がセレンか。聞いていた特徴と一致しているからまさかと思ったが。この仮面不審者と違って他人の空似って線も考えられたからな」

「っあ、ヤバッ……」

反応さえしなければバレなかったかもしれないと後悔するが、時すでに遅し。

今更誤魔化しは通用しまい。

どういうわけか、狙いは俺だけでなく、セレンもらしい。

「マジか。私もなの？」

「あぁ、詳しくは知らんが、あいつが言うんだ。お前に何か価値を見出したんだろう。あいつの目に間違いはない。ってなわけで、お前も来い」

鋭い眼光が、セレンを捉える。

思わず身震いしてしまいそうな威圧感。

「ナナシ、私も連れてって！」

「分かった」

俺はセレンを抱え、周囲の建物よりやや高い程度の高度へと飛び上がった。

スミレという冒険者はSランク冒険者の中でも別格だ。体格の良さもあってか、単純なパワーはユイ、ダッガスを軽く上回る。あれは不味い。相手にしないのが得策だ。逃げるが勝ち。

「これだけ飛べばたぶん、大丈夫……」

スミレが深く屈伸し、こちらをにやりと笑みを浮かべながら見上げた。

「まさか……」

セレンと俺が嫌な予感を覚えた……次の瞬間。

スミレは足元がひび割れるほどの脚力で地面を蹴り、俺の元へと飛んできた。

「危なっ！」

ギリギリで回避した俺の真横をスミレが猛スピードで通過する。

「魔法の強化なしにこんなことができるのか」

アレに当たっていたらと思うとぞっとする。

あの身体能力、普通じゃない。異常だ。

「あの人、私たちのこと殺す気⁉」

「なに、これでも手加減しているんだぞ？」

路上に華麗に着地し、再度尋常じゃない脚力で飛躍し、突っ込んでくる。伸ばされる手が俺の近くを掠めるたびに、冷や汗をかかされる。

「……っ⁉」

逃げてもどこまでも追ってくるスミレ。

こっちは必死なんだが、スミレは楽しそうにこちらを追いかけてくる。まるで狩りを楽しむかのような瞳で俺とセレンを捉える。

次第に野次馬も増え、気が付けば俺とスミレは注目の的となっていた。

「くそ……最悪の展開だ」

このまま逃げていれば、ユイたちと遭遇しかねない。

そろそろこの追いかけっこに決着をつけるしかないな。

「ナナシ！　避けて！」

セレンの必死の叫びを聞き、周囲に目をやると、こちらに矢を放とうと構えるサングラスの女が見えた。

やはり、仲間を潜伏させていたか。

そして俺はまんまと誘導されていたわけだ。矢を回避しながら飛行速度を上げる。

「これだけ気配が多いと、敵との判別がしにくいな。強力な気配は積極的に警戒、回避しているが……」

本格的に不味くなってきた。

こうなったら一か八か……。

眼下に、取り壊し中の大きな三階建ての建物が見えた。

あそこで、ケリをつけるとしよう。

「セレン、力を貸してくれないか？」

「勿論！」

◇

スミレが廃墟の敷地内に、豪快に着地する。

「よりによってこんなとこに逃げ込みやがって」

廃墟の扉を蹴破り、屋内に足を踏み入れる。

「廃墟に逃げ込んで、何をする気だ？　白魔導師！」

威嚇の意味も込め、大きな声を屋内に響かせる。

「どうせ廃墟だし、ま、最悪、賠償とかになったらあいつから金を巻き上げればいいか」

廃墟の壁を拳で破壊し、捜索を進める。

しばらく、捜索したのち、スミレは地下への階段を見つけた。

「地下まであんのかよ……気は乗らねぇが行くしかねぇな」

スミレが、気乗りしない素振りを見せながらも、地下への階段を下る。

廃墟の地下は暗く、先が見通せない。スミレはライターを取り出し、辺りを照らしながらゆっくりと歩いていった。

やはり、スミレの動きはどこかぎこちなく、何かを恐れているかのようにも見える。

ゆっくりと注意深く、周囲に目を配り、先へと進む。

「埃まみれの床に二人分の足跡があった。ここに逃げ込んだのは分かってる。周囲には仲間もいる。逃げ場はねぇ。降参するってんならさっさと出て来い！」

スミレは教養こそないが、地頭が悪いわけではない。洞察力も高く、思考の回転も速い。

この足跡が意図的に残されていることも想定済みだ。

何せ、ナナシ……ロイドには空を飛ぶ力があるのだから。

しかし、そこから考えられるロイドの策略はあまりにも多すぎる。

そこでスミレはあえて罠にかかり、ロイドをおびき寄せることにしたのだ。スミレは並大抵のことでは大怪我をしない自信があったし、いくらロイドが優れていようと所詮は支援職。

スミレの敵ではない。

「ん？」

突然、背後が明るくなり、同時に何らかの気配を感じ取る。

「なんだ⁉」

振り返った先には、光を放つ白髪の人間の青年が立っていた。その肌は信じられないほど白く、その顔は無表情で、人間味は感じられない。

その姿はまるで……。

「おおお、お、お化けぇ⁉」

スミレの耳が破裂しそうになるほどの絶叫が、廃墟の中に響き渡った。

何事かと、一階で身を潜めていた俺たちは地下への階段を駆け下りる。

そこには、光り輝く、俺と似た雰囲気の白髪の男と、地面へと倒れ込むスミレの姿があった。

「これは……」

前者は俺の召喚したもので間違いないんだが、後者に関しては完全に予想外の展開だ。

失神し、白目を剝くスミレの元に俺とセレンは恐る恐る近づいた。

「まさか、ここまで効くとは……」

当初の作戦は違った。

未知のモンスターと錯覚し、スミレが格闘。そうして時間稼ぎしている間に、セレンの水属性魔法で一階の床に過剰な負荷をかけ、しばらく生き埋めになってもらう予定だった。スミレはその程度では死なないことと、周囲に仲間を配置していることまで分かっていての作戦だ。仲間も、スミレの救出を優先させるだろうし、その隙に俺たちは逃げ出せばいい。

それに忠告にもなる。これ以上、正当な理由もなく追いかけ回すようなら、それ相応の対応をさせてもらう、と。

ただ、これは完全に予想外だ。

「まさか、お化けが怖いなんて」

スミレをツンツンとつつくが意識を取り戻す様子はない。

相当、幽霊に弱いらしい。

「なんか、申し訳ないことしたな」

いや、絶対に悪いのは向こうなんだが……この一件でより幽霊の存在がトラウマになり、今後の冒険者活動に影響が出ないとも限らない。

謝る義理はないが。

「ところでこれは？」

セレンが白髪の人っぽい何かを指さし、問い掛ける。

「うーん、なんて言えばいいか」

純白の輝きを放つ、白髪バージョンの俺っぽい何かは、簡単に言えば分身だ。

あらかじめ魔力を蓄えた魔杖を媒体にすることで使える、この魔杖だからこそできる俺のオリジナルの魔法。

ある程度は自立して行動し、勝手に最適なサポートを行うが、視点の共有も可能で俺が事細かく指示を出し、操作することもできる。

また、その他の用途としては以前、商人たちを救った時のように、モンスター相手の囮としても役立つ。

幽霊が苦手な相手には、ちょっとした精神的攻撃になる……というのは、まったく想定していなかったが。

セレンにはざっくりと、掻い摘んで説明する。

魔杖の件があるため、そこは俺の魔力を直接使っていると嘘をついたが、問題はないはずだ。

「もう、ナナシってなんでもありね」

「そうかもしれないな」

実際は魔杖が凄いだけだが。

「さて、こいつをどうするか」

「放置しても問題なさそうだけど、ここ埃っぽいし、一応外には運び出しとこっか」

セレンの意見を聞き、俺はスミレを抱え、廃墟の外まで運び適当なところへと寝かせておいた。

口には出さなかったが、セレンに比べかなり重かった。

「ここに置いていくが……ま、襲ってきたのはそっちなんだし、悪く思うなよ」

廃墟を出てすぐのところにスミレを下ろす。周囲で待機しているスミレの仲間は、これで俺たちをより一層警戒し、容易に手を出せなくなったはずだ。

単純に運が良かっただけだが、そうは思うまい。

「まだ追手は来ると思う？」

「いや、運が良かっただけとは言え、これだけ強い冒険者を倒したんだ。とりあえず、今日のところは会長も諦めるだろ」

そしておそらく後日、今よりももっとしっかりと策を練った上で、接触を試みることだろう。今回の一件は、下手に会長の中の、俺たちに対する株を上げたに間違いない。

運が良かっただけなのに。

「また、悩み事が増えた」

「とりあえずいいんじゃない？　打倒Ｓランク冒険者ってことで！」

嬉しそうに微笑むセレン。

何がそんなに嬉しいんだか。

「それじゃ、ちょうどこの近くにもおすすめのお土産店があるし、行こうか」

「よく、そんな切り替えられるな……」

増えてしまった課題にどう対処するかと頭を悩ませ立ち尽くす俺の腕をがっしりとセレンが掴む。

「気分転換、するんでしょ？」

俺はセレンに腕を引かれ、次の目的地へと歩み出した。

「さ、帝都を満喫しよー！」

「あぁ、そうだな」

◇

「はぁ!?　スミレが負けただと？」

「はい、先程意識を失ったスミレ殿を担ぎ、彼女のパーティーがやってきたのですが、これ以上の協力はできないとのことです」

「そう、ですか」

「また、パーティーの者から、これ以上例の白魔導師を追うのはやめた方が良いと忠告を……」

　当然の判断だ。異論はないし、忠告の有無に関わらず、白魔導師を追うのはこれで終わりにするつもりだ。

「そうだな。ますます興味は湧いたが、これ以上追ったところで勝ち目はあるまい。何せ、スミレはかつて、あの大賢者と肩を並べた冒険者だ。娘のムラサキを五隊長に至るまで鍛えたのも彼女だ。そんな帝国屈指の戦士をこうも軽く退ける白魔導師なんて……」

　存在すること自体が信じられない。

　だが、それ以前にナナシという男に、いくつかの疑問を抱いていた。

　何故、会うことをここまでして拒むのか。直接会って、勧誘を断ればいい。しかし、彼は頑なに会おうとしない。

　それに仮面。仮面で素顔を隠す理由は？

　実力に見合わないランク。人間。

「帝国軍に助けを求めなかったのも気になる。スミレを見て、そこまでする相手ではないと判断したから？　いや、まさか……」

そこから導き出された一つの可能性に、大きく目を見開いた。

「あり得ない話でもない」

先程からぶつぶつと独り言を呟く会長に、部下の女は首を傾げる。

「そういえば、王国で消えた白魔導師がいたな」

「それと関係があると？」

「いや、あくまでも推測の域を出ないが……」

根拠はないし、その他の可能性も十分に存在する。

ただ、辻褄が合うというだけだ。しかし、会長はそうじゃないかと、確信しつつあった。

「ひょっとして彼は……」

◇

帝国領内のとある樹海。その冷たく、霧の立ち込める樹海の中には廃れた神殿があった。

かつて、そこはダンジョンと呼ばれ、神殿の入口の先には地下へ永遠に続くとも思える長く深い道があった。

今なお、当時の形がほぼそのまま残っており、観光名所となってもおかしくはない神殿は、しかし誰の人影もなかった。

「当然か……」

セリオンは廃れた巨大な神殿を前にそう呟いた。

ここに来るまで、セリオンは多くの、強力なモンスターと遭遇してきた。どれもが、街の近くに現れれば大騒ぎになるような凶暴なモンスターであり、Sランク冒険者のパーティーでもない限り、ここまでは到達できない。

実際、セリオンもそこそこ苦戦した末、この神殿までやってきた。

いくらここら一帯が美しく、廃れたことでむしろ幻想的で趣のある神殿があったとて、命を懸けてまでここに来る者はそういないだろう。

「これがダンジョン、いや、元ダンジョンというべきか」

神殿の扉を恐る恐る開ける。

そして地下への道を見つけ、進んでいった。

しばらく階段を下るとある所で階段は途切れ、そこからは洞窟のような道が続いた。

「ロイドの攻略したダンジョンもアイテムの影響でかなり深くなってたって聞いたが、ここもか……」

アイテムの保管されていた最下層はアイテムの力でもっと奥深くへと沈み込み、元々整備されていた階段は途切れてしまったのだろう。無理やり道を引きちぎり、その間に出来上がった洞窟。

面倒なことにモンスターのいた形跡も見られる。

「まだまだ道のりは長そうだが、仕方ねぇ」

道中、襲い掛かってくるモンスターをセリオンは倒しながら、奥深くへと歩み続ける。

何故、すでにアイテムのないダンジョンを下りているのか。

セリオンはイレーナを見て、ある違和感を覚え、疑問を抱いた。

確かにセリオンはクレアに恩がある。居場所のなかったセリオンを救ってくれたクレアに尽くしていて、悪い気はしなかった。

ただ、何かが違う。

本当にこの忠義心はそこから来るものなのか？

「もし、俺の予想が正しければ……」

そんな疑惑を確かめるため、セリオンはこのダンジョンへと足を運んだ。

かつて、大賢者と称えられた英雄が攻略したダンジョン。

最下層と思われる場所には、四、五メートルほどの錆びた扉があった。

意外なことに、たった一日でセリオンは最下層へと到達することができた。

「にしても、大賢者ってのはとんでもねぇな……あっちこっちにデカい穴が開いてやがる。無理やり最短ルートを開拓したってとこか。しかも、崩壊しないように……ま、お陰で、予想より早く着いたが……」

いつもの感覚で目の前の扉を蹴り開けようとし、足を上げる。

「って、下手に開けんのは不味いか。錆が、つくのは嫌だが……」

冷静に考えたあと、セリオンはゆっくりと手で押し開けた。

扉の隙間から白い冷気があふれ出る。

その扉の先には扉の古さからは考えられないほど、幻想的な光景が広がっていた。ドーム状の空間の地面は水で満たされており、中心に続く半透明の、まるで氷のような色の道があった。

室内は鉱石による淡い光と、冷気で満たされており、セリオンには心地よく感じられる空間だった。

そして中心には、何かがあったとされる台座がある。

「あそこにアイテムが……」

思索を続けながらその空間に足を踏み入れた。

その時……セリオンを軽い頭痛が襲った。

「なん、だ？」

朧げにだが、フラッシュバックする記憶。

それは、セリオンがここで、ダンジョンのボスとして過ごした記憶の断片。

圧倒的な強者の集団を前に崩れ落ちた日の記憶が、フラッシュバックされたのだ。

「そうか……俺は」

その瞬間、セリオンは悟った。

自分もイレーナと同じなのだと。

イレーナと同じく、セリオンも元はこのダンジョンのボスとして君臨し、しかしマーリン一行に敗れた。その後、命からがら逃げ出し、何日も何日も走り、疲れ果て、死にかけていたところを、クレアに救われた。

　そこでセリオンはモンスターから獣人の姿へと生まれ変わった。

「そうだ。その後、力を使ったクレアは著しい魔力の枯渇で気絶……俺も獣人型にはなったが、疲労が酷く気を失ったんだったな。情けねぇ」

　モンスター時代の記憶はあまりはっきりと引き継がれないのか、かろうじてクレアに出会うまでの数日をぼんやりと思い出すのがやっとだった。

　しかし、セリオンはかつて自身がモンスターだったことを知れただけで満足であり、そこまで深い過去に興味はなかった。

「ひとまず、俺の予感は当たったってことだな。それはそれで問題ありなんだが」

　これでセリオンの持つ特異体質についての説明も、忠義心の根源も一応は納得できた。体質がモンスターに似ているのも、元がモンスターであるのだから当然のことである。忠義心にしても、救われたことは変わりのない事実であり、今更思うことはなかった。

　しかし、これで一件落着というわけではない。

　何故、セリオンは自身がもともとモンスターであると確信できなかったのか。

「だとしたら、〝勇者〟ってなんだ？」

番外編①　リョウエンとフィアの日常

王城敷地内の研究室にて。

リョウエンが扉を軽くノックする。

しかし、返事はない。

再度、先程より少し強めにノック。

だが相変わらず、返事は帰ってこない。

「うーむ。寝ておるのか？」

とっくに日は上っている。生活サイクルの乱れやすいリョウエンと違い、フィアは規則正しい生活を心がけている。夜更かしもあまりせず、仮にしたとしても朝はきっちり起きている。その後、研究の仕事をするか、王城外へと出かけるのが日課だ。

寝ていない。となると、

「いないのかのぉ」

フィアは色々と多忙ゆえ、スケジュールはリョウエンも把握しきれていない。

「おーい、フィア？　ちょっと用があるんじゃが……」

フィア用に作った、元物置部屋（大半がゴミ）の扉を開ける。

「あれ、フィアの奴どこに……」

そう広くない部屋の中を軽く見回すがフィアの姿は見えない。フィアの部屋は余計なものも少なく、シンプルで綺麗に整頓されている。フィアはその腕の都合上、何かあった時のことも考慮し、基本的にはここで暮らしている。本人も、このモンスターについては未知な部分も多く、場合によっては周囲に被害を及ぼしかねないと考え、この生活に同意していた。ここならすぐにリョウエンや王国の兵士が駆けつけられる。現在は、リョウエンと同様、冒険者も兼業しているが、所属しているパーティーにはSランク冒険者が数人いるため、問題はないとされている。パーティーメンバーの中にはシノもいる。ダンジョン攻略以降も、実力を伸ばす彼女であれば、対処可能と判断された。

そんなこんなで、多忙なフィアなわけだが……。

「相変わらず、綺麗な部屋じゃの」

それもあってか一目見て見当たらない時点で、部屋の中にいないと分かる。

「一応、プライベートな空間じゃし、入るのは……って、ん？」

机の上に置かれた日記が目に入り、リョウエンは足を止めた。

人の日記を勝手に覗き見るのはとても褒められた行為ではない。

しかし、ここでの生活をどう思っているのか、何か無理な我慢を強いてないか、それはリョウエンの気になっていたところでもある。フィアは優しい。気遣いもできる。ゆえに、口にしないだけで不満をため込んでいないとも限らない。

「むむむ、どうしたものかの……」

　悩むリョウエン。

　そこに偉大なる師匠、マーリンの言葉が思い出された。


――やらなくて後悔するより、やって後悔しろ。大丈夫。何かあっても、たぶん魔法で解決できるから。


　魔法とは便利なもので、人の心理、記憶に干渉することだって、不可能ではないかもしれない。そもそも、魔法なんていう常識を大きく逸脱する要素であふれたこの世界で、完全犯罪を行うことはそう難しくない。マーリンが誰にもバレずにロイドを連れ去ったことが、まさにその例である。

　バレなきゃ問題ないし、バレたって何とかなる。

　それがこの世界。


「よし、見よう！」

　マーリンの言葉に背中を押され、リョウエンは日記を開いた。

○月×日

今日もロイドは王立図書館に籠もり、モンスターに関する書物を読み漁り、メモを取っていた。ロイドが去った直後、その本が他の誰かに触れられる前に手に取り、借り、確認したところ、依頼を受ける予定のモンスターについて調べていることが分かった。プライベートな時間すら犠牲にし、パーティーに貢献しようとするその姿は、とても眩しく、カッコいい。ってか、マジで尊い。

その後は、いつもの店で、カルボナーラを注文。やはり、パスタ類が好物なのだろう。好物と思われるメニューは常に練習し、腕を上げているが、まだまだ修行が足りない。もっと、腕を磨かねば……。

意中の相手……ロイドの胃袋を掴むのが目的なのだろう。

「なるほどの。それで一時期、毎晩のように色んなパスタを童に食わせとったのか」

しつこく、味の感想を求めてきたことにも納得がいく。

フィアは料理が上手い。料理に限った話ではなく、フィアは家事全般をそつなくこなす。それもあってか、村でもフィアはかなりモテていた。高い女子力、誰が見ても美しいと思う美貌、優しく包容力のあるお姉さん気質な性格。頭も良く、あの一件以降、Sランク冒険者にまでその人気を伸ばしていた。

どんな視点から見ても完璧と言っても過言ではない美人。

ロイドのこととなると、残念な美人へと変貌するが……それを知らない人からすれば、高嶺の花という言葉を体現した人間と言っていいだろう。

日記全般はこんな感じで、フィアの日記、というよりロイドの観察記録だった。ロイドの行動や趣味嗜好がこれでもかというほど詳細に書き込まれている。

ペラペラとページを捲りながら、リョウエンは少し口角を上げた。

「なんじゃ、フィアも普通のおなごなんじゃの。童も、こういう時期があったからの」

自分の過去と照らし合わせるリョウエン。

かつてリョウエンも、マーリンに対して似たようなことをし、マーリンとの日々を事細かに日記に記していた。違いがあるとすれば、マーリンのガードの固さ、そしてあしらい方の雑さがロイドとは段違いという点だ。おそらく、ロイドは気が付いていても、フィアに危害を加えるような真似は絶対にしない。丁寧にあしらうか、逃げるか……。その点、マーリンのリョウエンへの扱いは雑だった。魔法で束縛し、森に放置なんてのもよくあることだった。

フィアの行動には共感できる部分が多い。

それゆえに、リョウエンは心苦しかった。

何せ、これからそのロイドは誘拐されるのだから。

リョウエンはロイド誘拐を行う上で、一役買うこととなっている。あのマーリンのお願いだ。リョウエンに断れるはずがない。しかも、ロイドの消息は他言無用。フィアにもその真相を伝えることはできない。

消息不明、それが一か月も続く。そんなことをすれば死亡説が出るのも容易に想像できるが、そこは何かしらの考えがあってのことだろうと、リョウエンはそう考えていた。

何より、マーリンの意も汲めないような愚かな弟子だとは思われたくない。

「すまんな、フィア」

そう謝罪の言葉を呟き、リョウエンはそっと日記を閉じたのだった。

「さ、そろそろ準備をするかの」

番外編② マーリンの譚

ロイドを送ったあと。

ただ帰還するのももったいないと思い、マーリンは少し帝国内を観光することとした。

帰路から離れ、街を探す。

帝都には魔将とスミレという、良くも悪くも厄介な友人がいるため、近づくことはできないが、裏を返せば帝都を除けば警戒すべき知人と遭遇する確率は極めて低いとも言えた。マーリンの気配に気が付ける獣人となればかなり限られる。

甘い目算かもしれないが、最悪バレれば武力行使ないし、賄賂を使えばいいだけ。かつて親しかった者であれば、説得次第では言いくるめることもできるだろう。

そういうわけで、マーリンは帝国内のノーティスという大きな川沿いに発展した街へと寄ることにした。川を挟んで発展した街は帝都には遠く及ばないが、それでも大きな街と言えた。その美しい街並みは勿論、自然豊かで景色、空気、食材などにも恵まれており、美食家たちにも人気の観光地である。

そんな美しい街に今、一人の不審者が降り立ったわけだ。

仮面を被り、堂々と街を闊歩するマーリン。

周囲から集まる視線などお構いなし。

そんなことより、久々の観光に胸を高鳴らせていた。冒険者として各地を回り歩いたぐらいだ。元々、外出が嫌いなわけではない。アウトドア寄りの性格だった。

魔王との大戦が起こるまでは。

「ふーむ、まずはどこから回るか……」

有名ではあるが、マーリンがこの街に足を運ぶのは初めてだった。

「旨そうな店が多いが……流石に店内でこの仮面は外せんしな」

マーリンが利用できる飲食店は、お持ち帰りがある店に限られる。色々と買って帰ったあとで、川沿いの宿の一室でも借り、その景色を楽しみながら食べるつもりだ。

「となれば、飲食……少なくとも食べる方は後回しとして。ま、適当に歩いてみるか」

今後の予定はない。時間は腐るほどあるし、帰ったらリョウエンの相手をしなくてはならない。良い時間稼ぎにもなる。

とりあえず、街中を適当に歩く。

しばらくして、一つの建物がマーリンの目に止まった。

冒険者ギルド。何とも懐かしい響きの言葉だ。

軽く窓から中を見ると、多くの冒険者がいるのが見えた。いや、見ずとも探知魔法でだいたいのことは分かっていたが。

「ランクはAが二人、Bもいるな。だが、ほとんどがDランク。ま、こんなもんか」

普通、Sランク冒険者とはかなり希少な存在であり、王都や帝都以外では見かけることすらほとんどない。

この街も、食材調達や安全確保などの多くの依頼があり、冒険者の数もそこそこ多いが、それでもSランク冒険者と思われる者はいなかった。

「こんなもんか」

一瞬にして興味を失ったマーリンは、冒険者ギルドから立ち去ろうと歩みを再開した。

その時だ。

「ねぇ、お姉さんって冒険者？」

背後から、見るからにチャラそうな男に話しかけられる。

「何故、そう思う？」

「いや、だって杖持ってるし。ってか、それかなり高価な杖だよね。ひょっとして高ランク……」

「冒険者ではない。ただの旅人だ」

「ふーん」

どこか不満げにチャラ男はマーリンを見つめた。

「もう行っていいか？」

「あぁ、ゴメンね。時間取っちゃって」

いかにもチャラそうな男は意外にも常識的で、それ以上は何も言わず、マーリンの後ろ姿をただ眺めていた。

「おっかしいな。俺の直感って結構当たるんだけど」

「直感なんてあてにしちゃだめ。良い教訓になった？」

チャラそうな男に、遅れて来た杖を抱えた女が話しかける。

「ミザリー的にはどう思う？」

「あの人は至って普通の一般人。魔力があまり感じられない」

ミザリーという名の少女はかなりレベルの高い魔術師で、相手の魔力を感じ取ることに長けていた。探知魔法を使える数少ない冒険者であり、ランクはＡ。

しかし、ミザリーはともかく、ロイドも知らない秘密があった。

それは超熟練の魔法の使い手は、神業的な魔力のコントロールを用い、その気配を操作できてしまう。マーリンに限って言えば、魔力の操作で気配を消してしまうことすら可能だった。当然、そんなことをすればかえって怪しまれてしまうため、普段は適度な魔力を放ち、気配の強さを平均的なレベルで保っている。

だから、ミザリーもロイドもマーリンの本来の強さに気が付けない。

「ミザリーがそう言うんなら、今回はそうなのかもな」

チャラそうな男……レオルドもミザリーの言葉を聞き、それで納得する。

このレオルドもまた、Ａランク冒険者だった。職業は剣士。そして見た目に反して超努力家。この見た目ゆえに初対面では誤解されやすいが、実はいい奴なのである。

「そんなことより、例の件。今から話し合うんでしょ」

「あ、そうだった！」

「はぁ……まったく」

　小さくため息をつく。

「で、協力してくれそうな人は集められたんでしょうね？」

「可能な限りはね。でも生半可な強さじゃだめだし、そんなに数は集まらなかった」

　先程までとは一転、真剣な表情で話す。

「とりあえず、中で話そ。ここで話すような話題じゃない」

「確かにね」

　二人が冒険者ギルド内に入ると、普段とは違う緊張感があった。

「よ、レオルド」

「ラークス！　来てくれたんだね！」

　筋肉質で、引き締まったスタイルの良い男……ラークス。彼もまたＡランク冒険者で、扱う武器は槍。ここらではそれなりに有名で、街の人々からも信頼の厚い人気の冒険者だ。

「おうよ、この街の危機って時に立ち上がらんはずもなかろう！」

　親指を立て、にっこりと笑みを浮かべる。

「それに、レノアも！」

「まさか、回復職なしでアレに勝とうと？」

レノアという女性もまた、Ａランク冒険者で職業は司祭。明るく気さくな性格で、男女からも好かれる冒険者だ。

「おい、ノーティス最強の四人が集まったぞ」

「これなら、あの化け魚も……」

今回集められた他の冒険者からは歓喜の声が上がる。

この四人がいれば、どれほど強いモンスターが相手だろうと何とかなるんじゃないかと。

しかし、そんなに甘い相手ではないことをこの四人は理解している。

「それじゃ、今回の作戦だけど、敵はあらかじめ話していた通り、イーヴィスだ。本来はこんなところに出るモンスターじゃないが、どういうわけか、この街を流れる川へと迷い込んでしまったらしい」

イーヴィス……この世界では龍魚と呼ばれたりもするモンスターで、龍ではないがその名に相応しい力の持ち主だ。その巨体は頑丈な鱗で覆われており、手足のような鰭《ひれ》がある。長く太い尻尾も特徴の一つだ。魚というよりはイモリのような体形をしている。サイズはその比ではないが。

この堂々とした巨体で自然界を生き抜くのだから、生物として弱いはずはない。魔法は使ってこないが、代わりに魔力がある限り再生するという厄介な体質を持っている。

かなりの強敵だ。

Aランク冒険者四人に加え、Bランクが数人。Cランクも参戦し、Dランク冒険者は避難誘導することとなっている。当然、帝国の兵士も参戦するが、不運なことに戦力は帝都に集中しており、この街には今、Aランク程度の男が一人いるのみ。

そういうわけで、冒険者ギルドに依頼という形で志願兵を募ったわけだ。

国に冒険者への参戦を強制する力はない。

だが、だからといってこの街を見捨てる者はいなかった。

多くの冒険者が何らかの形で、この作戦に協力してくれている。

ここに集まっているのは直接相まみえる冒険者、あるいは避難誘導する上で周囲を指揮する比較的頭の切れる低ランク冒険者のみだが、実際はもっと多い。

要は戦う冒険者、そして帝国軍であり、避難誘導員は川近辺で仕留めきれなかった際の保険だ。

「それじゃ、作戦だが……」

作戦開始前。

川沿いには戦える冒険者と帝国の兵士が集まっていた。周辺の住人には避難してもらっている。なるべく被害は出さないつもりだが、被害が出ないとは言い切れない。正直なところ、人の住まう地域では目撃例がほとんどなく、データの少ないモンスターのため、予測がつかない。それに確認されたのはつい一昨日のこと。依頼での遠征から帰還したミザリーが探知魔法で、川底にとんでもない気配があると気が付いたのがきっかけだ。

触らぬ神に祟りなし、という言葉もある。下手に手を出して虎の尾を踏むような悪手だという見解もあった。去るまで待とう、というわけだ。

しかし、このモンスターがここに長く滞在するだけで、生態系、そして水質までが変化してしまうことが分かった。そうなっては大人しくしてはいられない。早々に始末すべきだとの意見が強まった。

「勝てるかな、俺」

レオルドが自信なさげに呟いた。

「でも、やるしかない」

「だよなぁ……はぁ、死にたくねぇな。俺の人生はこれからだってのに」

「大丈夫、私がいる」

「そうだけどさ。くっ、まだ彼女すらできたことがないのに……」

「大丈夫、私がいる」

「そうだけどさ……って、え？」

慌てて横を見ると、ミザリーはほんのりと顔を赤らめていた。

それを見て、レオルドの顔も赤く染まる。

「おいおい、こんな時に見せつけてくれちゃって」

「そういう、フラグ立てるような真似はあとにしてよね」

「いや、その、これは」

ミザリーを見るが口を開かず、目を合わせようとすらしない。

「はぁ……ったく」

「街の危機だって言うのに」

「まぁでも、なんか元気貰った気がすんぜ！」

「それはそうかもね」

緊張で張り詰めた空気が少し緩む。

「皆さん、準備はできていますか？」

軍の指揮を執る隊長……ベーラが尋ねる。

ベーラの装備は重々しく、見るからに硬そうな重装備だった。盾も大きく、かなりどっしりとしている。実力はＡランク冒険者相当だ。

「隊長さんも大丈夫ですか？」

「お陰様で、周辺住民の避難も完了しました」

冒険者が動いてくれたお陰で、帝国の兵力を住民誘導にさけた。余談だが、クレアの存在はこういう戦力低下を各地で起こしている。要所要所に五隊長を配備できず、五隊長に準ずる実力者も、帝都で待機を余儀なくされているのだ。

「ベーラさんはタンク役、お願いしますね」

「勿論です」

力強くそう答えるベーラ。

「よし、始める」

ミザリーが杖を構え、呪文を唱える。

「ロックジェネレーション」

三メートルほどの先のとがった氷柱のような岩が生成され、川底へと落とされる。

落石によって大きな水飛沫が上がった、その数秒後。

「……来る」

さらに大きな飛沫を上げ、打ち上げられた巨体。鱗は青魚と酷似した色だが、鱗の硬度はその比ではない。川から上半身を岸に乗り上げると同時に、凄まじい臭いと、気圧されそうな威圧感が浴びせられた。

その風格は確かに龍と呼ぶに相応しいと思わせるほどで、冒険者たちの恐怖を掻き立てるには十分すぎた。

「うわぁぁぁぁぁ！」

正気を失った冒険者の一人が矢を放った。

しかし、矢は刺さることもなく、鱗に当たり空しく落ちた。

まだ、目を狙えば可能性があったかもしれないが、そんなことを考えられるほどの冷静さはない。

「む、無理だ……」

「あんなもん、倒せるはずがねぇ……」

　それを見ていた冒険者や兵からは弱音が漏れ、今にも逃げ出してしまいそうな雰囲気が立ち込める。

「このままじゃ不味いな」

　状況を好転させようと動いたのはレオルドだった。

　剣を抜き、イーヴィスへと猛進する。

　レオルドの剣は、イーヴィスの鱗ごとその身を切り裂いた。その瞬間、すぐに傷を再生しようとする動きが目に見えて分かった。

　このままではすぐに完治してしまう。

　だが、ここまでは想定内。レオルドは剣を捨て、腰に付けたポーチから短剣を素早く二本取り出した。この短剣には致死毒が塗られている。一定の量を取り込むと死に至る毒だ。しかし、致死量は生物によって違い、個体差も当然存在する。体重が重ければ重いほど必要となる場合が多い。

　その二本の短剣で、露出した皮膚を切り裂く。

　これで死ぬ、あるいは異常を発するモンスターもいるが、イーヴィスはけろっとした様子だ。

「これじゃ足りないか……なら」

　再度、ポーチから短剣を投げつけ、完治寸前の部位に突き刺す。

「ミザリー！」

「了解」

　レオルドが跳びのくのに合わせ、ミザリーが火の球を短剣めがけて飛ばした。

　火球が短剣と接触し、爆発が起こった。これは流石に効いたようで、イーヴィスの口から小さな悲鳴のような声が上がった。短剣には少量でも大規模な爆発を起こす危険な爆薬が塗られていた。そこに火が着くことで、巨大な爆発を起こす。

　レオルドの強さの秘訣はその手数の多さだ。剣士でありながら、その戦闘スタイルを拘らない。剣士としての成長の限界を自らに感じてからは、こうして様々な手法を模索してきた。今のもその一つだ。

「これで少しは効いてくれればいいんだが……」

　ダメージは確かに刻まれていた。

　だが、そんな傷もすぐに完治してしまう。

「っ……これでも駄目か！」

　そこからはイーヴィスのターンだった。

　迫りくるイーヴィスの猛攻を一丸となり、何とか耐える。レノアが回復に徹し、何とか持ちこたえているといった状況が続いた。

　隙を見ては攻撃を仕掛けるが、レオルドの剣も、ラークスの槍も、ダメージは与えられるが決定打には及ばない。すぐに再生されてしまう。

最も効果が高かったのはミザリーの火属性魔法だ。

火は燃え続ける限り、継続してダメージを与え、再生を良く阻害している。

お互い、体力は削られていっている。魔力も消耗している。違いがあるとすれば、元の量だ。体力しかり、魔力しかり、その総量に大きな差がある。

つまり、拮抗しているかのようにも見える状況は獣人側にとって不利だ。

最終的に均衡は、レノアの魔力枯渇により打破されてしまう。

「ゴメン、魔力が……」

ポーションを飲んでもなお、追い付けない魔力消費によってレノアが強制的に戦線離脱させられる。

こうなっては持久戦は続けられない。

早くケリをつける必要がある。そう思い、ラークスは判断を焦った。

焦り、繰り出した一撃は威力こそ十分だった。ただ、それが不味かった。深々と刺さった槍を抜こうとするも、なかなか引き抜けない。

そして力んだ結果、槍が抜けると同時に尻もちをついてしまう。

「っ、不味い！」

イーヴィスのその腕のような鰭を叩きつけられ、重傷を負ってしまった。

ラークスを護ろうとベーラが奮闘するも、その質量差により軽く吹き飛ばされてしまう。

Aランク冒険者たちがこんな状況なのだ。それ以下のB、Cランク相当の者たちの状況など言うまでもないだろう。他にも回復職はいるが間に合っていない様子だ。

イーヴィスの矛先は、自身を最も痛めつけているミザリーへと向けられた。

近くの者から攻撃していたイーヴィスだが、流石に無視できない存在と感じたのだろう。

「ミザリー！」

矛先の変化をいち早く察したレオルドがミザリーの元へと走る。

「レオ、ルド……」

振りかざされる鰭からミザリーを身を挺して護ろうとするレオルド。

正面から受ければ死は免れない。

それを理解したミザリーも、何とかレオルドを護ろうと土属性魔法を唱えようとするが間に合わず……。

レオルドの死を誰もが確信した。


「青春だな……お前ら」


レオルドの目の前には杖を構え、半透明の盾を展開する仮面を被った人間……マーリンの姿があった。

レオルドを含め、その場にいた全員が何が起こっているのか理解が追い付かず、驚愕し、目を丸く見開き、硬直している。

そんな中、ただ一人、マーリンからは余裕が感じられた。

それもそのはず。

マーリンは目の前にいるモンスターを脅威として捉えてはいなかった。

「どこもかしこも閉まっていると思えば、こういうことか」

あれから川沿いを歩いたが、すでにあっちこっちの店が閉店準備を始めており、結局マーリンはろくにこの街を堪能できていなかった。そして一時は、川から離れた場所をふらふらとうろついていたのだが、街全体を通してどうにも雰囲気が異様であり、またそれからしばらくして戦闘の気配が感じられたため、面倒だがこの戦場までやってきた次第である。

「なるべく、面倒事には関わりたくないが」

こんな悲惨な状況を前にして、無視して立ち去るという選択肢を取るのは心苦しかった。

特別相手が強いわけでもない。

「大丈夫か？」

「あなたは、冒険者ギルドの前で会った……」

「覚えていたか。そうだ。そのお姉さんだ」

こんな状況下で平然とした様子で会話を始めたマーリンに、周囲の獣人たちはぽかんと口を開き、固まってしまう。

イーヴィスも何が起こっているのか正確には理解していないのか、今度は薙ぎ払うように尾を振るった。

「仮面のお姉さん！」

慌てて必死に叫ぶレオルド。

マーリンはレオルドとミザリーに気を取られており、イーヴィスからは視線を外している。

きっと気が付いていないんだ。レオルドはそう思い、叫んだ。

しかし、それは杞憂だった。

マーリンはそちらに目を向けることすらなく、先程と同じ魔法の盾を展開し、薙ぎ払う尾を受け止めていた。

「ん？　どうかしたか？」

「いえ、その、なんでも……」

死を覚悟させられた一撃を、平然と、余裕で防ぐマーリンを見ていると、自分の覚悟も、実力も、馬鹿々々しく感じずにはいられなかった。

「さ、そろそろこの鬱陶しいのを始末するか」

〝鬱陶しいの〟呼ばわりされたのが原因とは思えないが、怒り咆哮を上げるイーヴィス。

そんな〝鬱陶しいの〟に対し、マーリンはインフェルノストームという、火属性魔法と風属性魔法を同時発動しなければならない高等魔法を、その上無詠唱でぶつけた。

意図的に生み出された火災旋風に似たそれは、自然に起きるものより遥かに高い温度を有し、竜巻そのものにも刃のような鋭さがあるという、天災すらをも凌駕するもので、イーヴィスを包み込み、容赦なくその身を原型も分からぬほどに変えてしまった。

「ふむ、周囲の被害も考慮し、それなりに威力を抑えたつもりだが……こんなものか」

これでも本来の半分にも満たない火力。しかし、それは一時とは言え川底が見えるほどに周囲の水を蒸発させてしまっていた。建物には被害が及ばぬよう最善を尽くしたが、急激な気温の上昇もあるため、何一つ被害が出ていないとは言い切れない。

「めんどいから火で片付けたが、ミスったかも」

もっと穏便に済ませる魔法は、いくらでもあった。

そう反省しているマーリンの後ろ姿を、奮闘した戦士たちは何とも言えない心情で眺めていた。

「何者なの……」

ミザリーはＡランク冒険者の魔術師だ。だから、一つ上のＳランク冒険者との差というのもしっかりと理解している。Ｓランク冒険者に近い存在だからこそ、一般的な魔術師以上に、そこに容易には越えがたい壁があることを明確に理解していた。

そんなミザリーから見てもこの仮面の人間の魔法は異常だった。理解できるとか、そういう次元の話ではない。越えがたいとか、それ以前に到達不可能な領域。

自身の中の常識が崩れ落ちていく。

「でも、やっぱり、そんなに強い魔力は感じられない。どうして……」

そんな問いにマーリンは答えなかった。

理由はシンプル。

面倒だから、だ。

そんなの勝手に自分で考えろ、と。

「ありがと……私とレオルドを護ってくれて」

心からの素直な感謝の言葉。

「あ、うん。お幸せにな」

そんなミザリーの感謝に対し、マーリンは心底興味なさそうにそう言葉を返した。


ここに駐屯する兵士を束ねる役目を与えられた隊長、ベーラは眼前の仮面を被った英雄に感動していた。たった一人で悲劇を防いで見せた仮面の人間は、魔将ですら成せるか不明な神業を、軽くやってのけたのだ。

これぞ英雄と呼ばれる者の風格。

さぞ心身ともに美しい方なのだろう。顔こそは見えないが、絶対にそうに違いない。

そんな美しい英雄が、今、ベーラの元へと歩み寄っていた。

あぁ、いったいどんな言葉を頂けるのか……。

心臓が音を立てているのではないかというほど、力強く鼓動する。

「英雄さま……」

「ねぇ、今、私この街救ったよね？」

「へ？」

「救ったよね？」

「はい……」

「ならさ、お礼あってもいいよな？　というか、あってしかるべきだよな？」

「は、い？」

「うんうん。そうだよな。実は私、観光目当てで来たんだけど、景色もあんま見れてないし、食べ物もまだろくに食べれてないんだよ」

「か、可能な限りのお礼は……」

「あ、そうそう。私、ちょっと事情あって仮面を人前で外せなくて。ここに泊まろうと思ってるから、お礼はここに届けてね」

　泊まる予定の宿の名前をさっと紙に書き渡す。

「しょ、承知いたしました……その、英雄様は」

「それじゃ、またな」

　もう、ベーラに用はない。

　まだ話は終わっていないというオーラを漂わせるベーラなどお構いなしに、マーリンは立ち去っていった。

　その後のベーラだが、様々なことを考え、悩み、一連の会話をその他の者には話さないことに決めた。困難に打ち勝ち、勝利に歓喜する戦士や街の人のせっかくの喜びのムードに泥を塗りたくはない。

マーリンの話を、過程は改変するも〝お礼をする〟という結果には持っていけるよう、上手く話を伝えた。向こうから命令されたのではなく、ベーラが提案する形に改変したのだ。

その結果、街の人たちは喜んでマーリンにご馳走を振る舞った。

一通り、マーリンの要望に応えたベーラは公園のベンチに身を任せた。

「これでいい。私一人がこの苦さを噛み締めればいいのだ」

こうして一人の男の苦労によって新たな英雄譚が生まれた。

また、死亡フラグを圧倒的暴力で盛大に折られたレオルドとミザリーは、有名なカップル冒険者となった。

仮面の旅人の噂はどんどんと広まっていったりしたが……。

「うん、やっぱり人助けっていいな」

そんな男の苦労も、二人の行く末も、仮面の旅人の噂も知らん顔で、大賢者マーリンは運ばれてきたご馳走を頬張るのだった。

あとがき

この度は『勇者パーティーを追放された白魔導師〜五巻』を手に取ってくださり、ありがとうございます。水月穹です。

お久しぶりです。

まず、謝罪から。読者の皆様には日々感謝しながらも、受験や新生活の準備等で、中々読者の皆様にこうして言葉を伝える余裕がなく、久しぶりの後書きとなってしまいました。本当に、すみません。お豆腐メンタル、水月穹です。まだまだ謝罪を続けたいという気持ちは山々ですが、文字数に制限があるらしいので、それはまた次回書くとします！

さて。今回の『白魔導師』は如何だったでしょうか？　いよいよ三大国の一つである『王国編』が終わり、同じく三大国の一つ『帝国編』が主人公のパーティー離脱という形で始まりました。ロイドやユイの前に次々と現れる癖の強いキャラクターたち……こうなってくると、ダッガスとクロスの個性薄ッ！　なんてことを思ったり思わなかったり。これから、彼ら、彼女らがどういった形でロイドたちの物語に関係してくるのか。次の巻を楽しみにして頂けると幸いです。

最後に。唐突に湧き上がる〝やっぱりここを書き直したい！〟という私の無茶な要望も受け入れ、いつも読みやすいよう編集してくださる担当編集者様。格好良く、そして可愛いイラストを描いてくださるDeeCHA先生。出版に携わるすべての方々、そして読者の皆様には感謝してもしきれません。……頭が上がりません。ずっと下向いています。

こんな無知でクソ雑魚メンタルな私が、こうして作品を書けるのは皆様のお陰です。本当にありがとうございます。

ロイドという白魔導師の存在が、この大陸に住まう人々へどういう影響を与え、どういう結末へと向かうのか……。ロイドたちの冒険を今後とも見届けて頂けると嬉しいです。

本書に対するご意見、ご感想をお寄せください。

あて先

〒162-8540 東京都新宿区東五軒町3-28
双葉社　モンスター文庫編集部
「水月穹先生」係／「DeeCHA先生」係
もしくは monster@futabasha.co.jp まで

勇者《ゆうしゃ》パーティーを追放《ついほう》された白魔導師《しろまどうし》、Sランク冒《ぼう》険者《けんしゃ》に拾《ひろ》われる～この白魔導師《しろまどうし》が規格外《きかくがい》すぎる～⑤

2023年4月2日　第1刷発行

著　者　水月《すいげつ》　穹《そら》

発行者　島野浩二

発行所　株式会社双葉社
〒162-8540　東京都新宿区東五軒町3番28号
［電話］03-5261-4818（営業）　03-5261-4851（編集）
http://www.futabasha.co.jp/（双葉社の書籍・コミック・ムックが買えます）

印刷・製本所　三晃印刷株式会社

［電話］03-5261-4822（製作部）
ISBN 978-4-575-24616-2 C0093